Coleção Vasto Mundo

vastomundo

O Conto da Serpente Verde e da Linda Lilie

EDITORA

O Conto da Serpente Verde e da Linda Lilie

Goethe

Interpretação e comentários
OSWALD WIRTH

Tradução e posfácio
ROBERTO AHMAD CATTANI

1ª edição
São Paulo/2012

TEXTO DE ACORDO COM
A NOVA ORTOGRAFIA

Editora Aquariana

Título Original:
Das Märchen von der grünen Schlange
und der schönen Lilie

Revisão: Antonieta Canelas
Editoração: Samuel de Jesus Leal
Capa: Niky Venâncio

Direção da Coleção Vasto Mundo: Antonio Daniel Abreu

CIP – Brasil – Catalogação na Fonte
Sindicato Nacional dos Editores de Livros, RJ

R639

Goethe,
O conto da serpente verde e da linda Lilie / Interpretação e comentários de Oswald Wirth ; Tradução Roberto Ahmad Cattani. São Paulo : Aquariana, 2012.
144p. (Coleção Vasto Mundo)

ISBN: 978-85-7217-157-1

1. Antologias (Conto). I. Wirth, Oswald. II. Goethe. III. Série.

12-5413. CDD: 869.899687
CDU: 821.142.1(67)-8(085)

18.06.12 23.06.12 010892

EDITORA AQUARIANA LTDA.
vendas@aquariana.com.br
www.aquariana.com.br

Sumário

O Conto da Serpente Verde e da Linda Lilie

Na margem do grande Rio, cujas águas haviam subido e transbordado por causa de uma forte chuva, estava o casebre do velho Barqueiro. Cansado pelos esforços do dia, o Barqueiro dormia. No meio da noite, o acordaram falando alto; ele percebeu que havia viajantes querendo cruzar o Rio.

Quando abriu a porta, o Barqueiro viu dois grandes Fogos-fátuos pairar sobre o barco amarrado. Afirmaram ter muita pressa, e que desejavam estar logo na outra margem. O velho então, sem hesitar, entrou no barco e, com a habilidade habitual, foi governando-o para cruzar o Rio. Enquanto isso, os estrangeiros cochichavam entre si num idioma desconhecido, e de vez em quando riam bem alto, pulando para cá e para lá na borda, nos bancos ou no fundo do barco.

"O barco oscila!" gritou o velho; "e se continuardes tão agitados, pode revirar; sentai já, ô luzes!"

Ao ouvir o pedido do Barqueiro, os Fogos-fátuos deram uma grande risada, zombando dele, e ficaram mais agitados ainda. Ele suportou com paciência suas grosserias, e em pouco tempo alcançou a outra margem.

"Para o senhor, pelo seu incômodo!" gritaram os viajantes; e sacudindo-se, despejaram várias moedas brilhantes de ouro no barco molhado. "Pelo amor de Deus! O que fazeis?" gritou o velho; quereis me arruinar! O Rio não suporta este metal. Se uma moeda de ouro caísse na água, ela provocaria ondas terríveis, que tragariam a mim e ao barco, e quem sabe até a vós. Tomai vosso ouro de volta!"

"Não podemos retomar nada do que sacudimos de nós", responderam ambos.

"Assim fica também para mim o trabalho de recolhê-lo, levá-lo para a terra e enterrá-lo", disse o velho, abaixando-se para recolher no seu gorro as moedas de ouro.

Os Fogos-fátuos já haviam pulado do barco, e o velho gritou: "E agora, como fica minha retribuição?"

"Quem não aceita ouro, que trabalhe de graça!" responderam os Fogos-fátuos. "Ficai sabendo então que só posso ser pago com frutos da terra." "Com frutos da terra? Para nós, não têm valor nenhum; nunca os experimentamos." "Mesmo assim, eu não posso deixar-vos sair se antes não prometerdes trazer-me três couves, três alcachofras e três cebolas das grandes."

Os Fogos-fátuos já pensavam em fugir brincando, mas se sentiram presos ao chão, no lugar mesmo, de forma incompreensível; era a sensação mais desagradável que já tinham experimentado. Prometeram satisfazer logo a sua exigência; ele então os deixou ir, e foi embora. Já estava bastante longe, quando eles gritaram para ele: "Velho! Ô velho, escuta! Esquecemos a coisa mais importante!" Ele já estava longe e não escutava. Tinha se deixado levar pelo Rio, ao longo da mesma margem, e queria enterrar o perigoso ouro numa região montanhosa onde a água nunca pudesse alcançar. Lá, ele encontrou, entre altos penhascos, um abismo terrível, no qual ele jogou o metal, voltando em seguida para sua cabana.

Naquele abismo encontrava-se a bela Serpente Verde, que foi acordada de seu sono pelas moedas tinindo. Tão logo viu os discos luzentes, ela os engoliu avidamente, buscando com cuidado todas as moedas espalhadas pelas moitas e nas cavidades da rocha.

Logo depois de engoli-las, ela sentiu prazerosamente o ouro fundir-se nas vísceras e difundir-se pelo corpo inteiro e, com grande alegria, percebeu que tinha se tornado transparente e luzente. Há tempo haviam garantido para ela que este fenômeno era possível; mas já que receava que essa luz não fosse durar muito, a curiosidade e o desejo de garantir o futuro a instigaram a sair das rochas para buscar quem tivesse semeado aquele lindo ouro. Não encontrou ninguém. Ainda mais aprazível pareceu-lhe admirar-se enquanto se arrastava pelas moitas e capins, e extasiar-se com a bela luz que irradiava de si dentro do verde. Todas as folhas pareciam esmeraldas, todas as flores ficavam transfiguradas da forma mais esplendorosa. Transpôs sem êxito aquela terra selvagem e deserta; mas sua esperança aumentou mais ainda quando chegou à planície e viu à distância um brilho que parecia com o seu. "Finalmente encontrei alguém como eu!" exclamou, e apressou-se naquela direção. Nem prestou atenção na dificuldade de se arrastar por pântanos e canaviais; embora vivesse de preferência nas campinas secas da montanha, nas cavidades profundas da rocha e gostasse de alimentar-se de ervas aromáticas e de acalmar a sede com orvalho delicado e água fresca da fonte, teria empreendido qualquer coisa que lhe fosse imposta pelo desejo do querido ouro e pela esperança daquela luz magnífica.

Chegou enfim, muito cansada, num úmido canavial, onde nossos Fogos-fátuos brincavam pulando para cá e para lá. Apressou-se até eles, e cumprimentou-os, feliz de encontrar personagens tão agradáveis da sua mesma família. Os Fogos passearam ao longo da Serpente, saltaram por cima de seu corpo e se puseram a rir de sua forma alongada. "Senhora prima", diziam, "de nada importa que a senhora seja da linha horizontal; certo, nós somos parentes só na aparência, pois veja (e aqui as duas chamas, sacrificando toda sua largura, tornaram-se o mais longas e finas possível) como nos cabe bem, a nós senhores da linha vertical, este comprimento tão esbelto; não leve a mal, querida amiga, qual família pode orgulhar-se de algo assim? Desde que existem Fogos-fátuos, nunca nenhum de nós já sentou ou deitou."

A Serpente ficou bastante sem graça na companhia desses parentes, já que, mesmo erguendo quanto podia a cabeça, para seguir adiante ela tinha que baixá-la de novo para o chão; e se pouco antes, no mato escuro, regozijara-se muito com a própria aparência, agora, na presença desses primos, seu esplendor parecia diminuir a cada instante, e pior, parecia que poderia apagar-se completamente.

Vendo-se em apuro, apressou-se a perguntar se aqueles senhores não podiam indicar-lhe de onde viera o ouro brilhante caído pouco antes na fenda da rocha; ela imaginava que fosse uma chuva de ouro caída diretamente do céu. Os Fogos-fátuos riram e sacudiram-se, e uma quantidade de moedas de ouro caiu em volta deles. A Serpente precipitou-se atrás delas para engoli-las. "Esperamos que goste, Senhora prima", disseram aqueles bem-educados senhores, "podemos lhe oferecer mais ainda". Eles se sacudiram mais algumas vezes, tão rápidos que a Serpente quase nem conseguia engolir a tempo a preciosa comida. Seu esplendor começou a aumentar visivelmente, e de fato ela reluzia da forma mais resplandecente, enquanto os Fogos-fátuos ficavam bastante magros e diminutos, sem porém perder nada do seu bom humor.

"Fico eternamente grata aos senhores, disse a Serpente, quando conseguiu retomar o fôlego depois daquele banquete, "peçam de mim o que quiserem; eu farei tudo o que está em meu poder."

"Ótimo!" gritaram os Fogos-fátuos, "diga então, onde mora a linda Lilie? Leve-nos o mais rápido que puder ao palácio e ao jardim da linda Lilie, pois estamos morrendo de vontade de nos jogar aos seus pés."

"Este favor," respondeu a Serpente com um profundo suspiro, "não tenho condição de satisfazer de imediato. Infelizmente a linda Lilie mora do outro lado da água." "Do outro lado da água? E nós teríamos que atravessá-la nessa noite tempestuosa! Como é terrível o Rio que agora nos separa! Não seria possível chamar de volta o velho?"

"De nada adiantaria", respondeu a Serpente, "pois mesmo se o encontrassem nesta mesma margem, ele não os aceitaria a bordo; ele pode trazer qualquer um para esta margem, mas nunca ninguém para o outro lado."

"Só faltava essa agora! Não tem nenhum outro jeito de cruzar a água?"

"Tem vários, só que não pode ser logo agora. Eu mesma posso levar os senhores do outro lado, mas não antes do meio-dia."

"Nessa hora não gostamos muito de viajar."

"Então podem cruzar à noite, sobre a sombra do Gigante."

"Como se faz isso?"

"O grande Gigante, que mora perto daqui, não consegue fazer nada com seu corpo; suas mãos não têm condição de levantar uma palha, seus ombros não conseguem carregar o mínimo fardo; mas sua sombra consegue muito, ou melhor, tudo. É por isso que tem o máximo de poder ao amanhecer e ao pôr do sol; é só sentar à noite nas costas da sua sombra quando ele vai para a margem do Rio. A sombra leva o viajante por cima da água até o outro lado. Se os senhores quiserem se encontrar comigo ao meio-dia naquele canto do bosque, onde as moitas cobrem a margem, eu mesma poderei levá-los e apresentá-los à linda Lilie; se estiverem preocupados com o calor do meio-dia, então é só ir ao final da tarde naquela cavidade rochosa do Gigante, que ele com certeza os tratará da melhor forma possível."

* * *

Os jovens senhores se afastaram com uma leve reverência, e a Serpente ficou contente de ficar livre deles, fosse para regozijar-se com sua própria luz, fosse para satisfazer uma curiosidade que a atormentava de forma estranha há tempo.

Nas fendas das rochas onde se arrastava com frequência, ela fizera num certo lugar uma estranha descoberta. Ora, embora tivesse que se arrastar naqueles abismos sem nenhuma luz, ela conseguia distinguir sem problemas os objetos com o tato. Estava acostumada a encontrar, por onde andasse, unicamente os produtos irregulares da Natureza; às vezes colocava grandes cristais entre os dentes, às vezes sentia as veias e os fios da pura prata, ou ainda levava consigo para a luz uma ou outra pedra preciosa. Mas numa rocha toda fechada em volta, para sua grande maravilha, havia percebido objetos que revelavam ter sido lavrados pela mão do Homem. Paredes lisas, sobre as quais não conseguia subir, arestas agudas regulares, colunas harmoniosas e, o que lhe pareceu mais estranho de tudo, figuras humanas nas quais se enroscara várias vezes, e que achou que deviam ser feitas de bronze ou de mármore extraordinariamente polido. Ela desejava comprovar todas essas sensações com o sentido da visão também, e confirmar o que havia deduzido. Pois agora ela estava em condições de iluminar com sua própria luz aquela maravilhosa abóbada subterrânea, e tinha a esperança de poder descobrir completamente, de uma vez por todas, a natureza daqueles estranhos objetos. Ela se apressou e logo encontrou, à beira de seu caminho habitual, a fenda por onde costumava entrar no Santuário.

Uma vez ali, ela olhou em volta com curiosidade, e embora seu brilho não conseguisse iluminar todos os objetos da rotunda, os mais próximos apareceram-lhe com bastante clareza. Com surpresa e reverência, ela viu num nicho brilhante acima dela a imagem de um Rei de grande nobreza, inteiramente de ouro. A estátua parecia de tamanho maior que a medida humana, enquanto a figura representada parecia mais de um homem pequeno do que de um grande. O corpo bem feito estava envolto num manto simples e uma coroa de carvalho prendia seu cabelo.

Tão logo a Serpente olhou para a nobre figura, o Rei começou a falar e perguntou:

"De onde vens?"

"Dos abismos", respondeu a Serpente, "onde se encontra o ouro."

"O que é mais maravilhoso que o ouro?" perguntou o Rei.

"A luz", respondeu a Serpente.

"O que é mais confortante que a luz?" perguntou ele.

"A fala", respondeu ela.

Enquanto conversavam, ela havia olhado de lado e tinha visto no nicho vizinho outra imagem magnífica. Nela estava sentado um Rei prateado, com a figura alongada e bastante delicada; seu corpo estava coberto por uma veste ornamentada, trazia coroa, cinto e cetro enfeitados de pedras preciosas; em sua aparência havia a serenidade do orgulho e parecia querer falar, quando de repente na parede um veio escuro do mármore tornou-se claro e irradiou no templo todo uma luz agradável. Com esta luz, a Serpente viu o terceiro Rei, uma grande figura de bronze sentada apoiando-se numa clava, adornado com uma coroa de louro e mais parecido a um rochedo que a um homem. Ela queria tentar ver o quarto rei, aquele que ficava mais longe dela, mas a parede se abriu enquanto o veio iluminado encolheu e sumiu como um raio.

Dela emergiu um homem de média estatura, que atraiu a atenção da Serpente. Estava vestido como um camponês, e na mão carregava uma pequena Lâmpada, cuja chama imóvel era agradável de olhar e iluminava a abóbada toda de forma misteriosa, sem projetar sombra nenhuma.

"Por que vens, agora que já temos luz?" perguntou o Rei de ouro.

“O senhor sabe que não posso iluminar a escuridão.”

“Meu reino vai acabar?” perguntou o rei pra teado.

“Tarde ou nunca”, respondeu o Velho.

Com voz forte, o Rei de bronze perguntou:

“Quando é que vou me erguer?” “Logo”, respondeu o Velho.

“A quem eu devo me ligar?” perguntou o Rei. “A seus irmãos mais velhos”, disse o Velho.

“O que vai acontecer ao caçula?” perguntou o Rei.

“Ele vai sentar”, disse o Velho.

“Eu não estou cansado”, gritou o quarto Rei com voz rouca e gaguejante.

Enquanto eles falavam, a Serpente se arrastara pelo templo, havia observado tudo e agora examinava de perto o quarto Rei. Ele estava em pé e apoiava-se a uma coluna. Sua notável figura estava mais para pesada do que para bela. Mas não era fácil distinguir o metal de que era feito. Olhando bem, parecia uma mistura dos três metais dos quais eram feitos seus irmãos. Mas os materiais pareciam não ter se amalgamado como deviam na fusão; veios de ouro e de prata sulcavam de forma irregular a massa de bronze e davam ao conjunto um aspecto desagradável.

Enquanto isso, o Rei de ouro dizia ao homem:

“Quantos segredos sabes?”

“Três”, respondeu o Velho.

“Qual é o mais importante?” perguntou o Rei de prata.

“Aquele que é manifesto”, respondeu o Velho.

“Vais revelá-lo a nós também?” perguntou o Rei de bronze.

“Logo que eu souber o quarto”, disse o Velho.

“Que me importa!” resmungou o Rei misturado.

“Eu sei o quarto”, disse a Serpente, aproximando-se do Velho e sibilando algo no seu ouvido.

“A hora chegou!” gritou o Velho com voz poderosa.

O templo ressoou, as estátuas metálicas repercutiram e instantaneamente o Velho afundou ao Leste e a Serpente ao Oeste, e ambos atravessaram com grande velocidade os abismos dos rochedos.

* * *

Cada lugar por onde o Velho passou cobriu-se imediatamente de ouro atrás dele, pois sua Lâmpada tinha a propriedade maravilhosa de transformar em ouro todas as pedras, em prata toda a madeira, os animais mortos em pedras preciosas, e de aniquilar todos os metais; mas para produzir tal efeito, ela tinha de arder sozinha. Se tivesse outra luz por perto, ela produzia só um belo brilho, que dava sempre novo vigor a todas as criaturas vivas.

O Velho entrou no seu casebre, construído no sopé da montanha, e encontrou sua esposa no maior transtorno. Ela estava sentada ao lado da lareira, chorava e não conseguia tranquilizar-se.

“Sou tão infeliz”, ela gritava, “eu sabia que hoje não devia te deixar sair!”

"O que há?" perguntou o Velho com a maior calma.

"Mal saíste", disse ela aos soluços, "chegaram dois viajantes bastante precipitados; imprudentemente, deixei-os entrar, pareciam mesmo duas pessoas educadas, honestas; estavam vestidos de chamas leves, até pareciam fogos-fátuos; assim que entraram, começaram a me lisonjear sem pudor e ficaram tão importunos, que fico com vergonha só de lembrar."

"Bom", respondeu o Velho rindo, "aqueles senhores deviam estar brincando; com a tua idade, eles deveriam ter ficado na cortesia formal."

"Qual idade!" gritou a Mulher; "tens sempre de me lembrar da minha idade? Estou tão velha assim? Cortesia formal! Eu sei lá o que eu sei. E olha um pouco à tua volta, o que sobrou das paredes; olha as velhas pedras, que eu não via há cem anos; eles lamberam todo o ouro, nem imaginas com que rapidez, e ficavam dizendo que tinha um gosto bem melhor que o ouro comum. Depois de deixar as paredes limpas, pareciam de bom humor, e de fato, em pouco tempo ficaram muito maiores e mais brilhantes. Começaram então de novo com suas brincadeiras e suas ousadias, chamavam-me de sua rainha; eles se sacudiram e deixaram cair um monte de moedas de ouro; olha aí, ainda tem algumas reluzindo debaixo do banco; mais foi uma desgraça! Nosso Cachorrinho comeu algumas, e olha aí, está morto perto da lareira; coitado do bicho! Não consigo sossegar. Só me dei conta depois que eles foram embora, do contrário não teria prometido saldar-lhes a dívida com o Barqueiro."

"O que eles estão devendo?" perguntou o Velho.

"Três couves", disse a mulher, "três alcachofras, e três cebolas; prometi-lhes que levaria tudo até o Rio ao amanhecer."

"Podes fazer-lhes esse favor", disse o Velho; "pois na ocasião, eles vão nos devolver o serviço."

"Se eles vão devolver, eu não sei, mas que prometeram e garantiram, eles prometeram."

Enquanto isso, o fogo na lareira se apagara; o Velho cobriu as brasas com muitas cinzas, guardou as moedas de ouro brilhantes, e sua lamparina acendeu de novo sozinha, com o mais belo brilho, as paredes se cobriram de ouro e o Cachorrinho transformou-se no ônix mais lindo que se pode imaginar. A alternância de marrom e de preto da pedra preciosa o transformara numa obra de arte rara.

"Toma tua cesta", disse o Velho, "e põe nela o ônix; depois pega as três couves, as três alcachofras e as três cebolas, coloca-as na cesta e leva-as até o Rio. Ao meio-dia, pede à Serpente para atravessar-te ao outro lado, vai visitar a linda Lilie e leva para ela o ônix; tocando-o, ela lhe devolverá a vida, do mesmo modo como mata com seu contato todos os seres vivos; ela terá nele um companheiro fiel. Diz-lhe para não ficar triste, pois sua libertação está próxima e que ela pode considerar a maior desgraça como a maior sorte, pois agora é o momento."

A Velha guardou tudo na cesta e se pôs a caminho, pois já rompia o dia. O sol resplandecia com sua claridade sobre o Rio, que cintilava à distância; a mulher andava devagar, pois a cesta pesava. sobre sua cabeça, e não era o ônix que pesava tanto. Ela nem sentia o que carregava de morto; sobretudo porque a cesta flutuava sobre a sua cabeça. Mas levar hortaliças frescas ou um pequeno animal vivo parecia-lhe extremamente gravoso. Seguiu andando durante um tempo, a contragosto, até que parou de repente, de sobressalto; quase pisara na sombra do Gigante, que se estendia pela planície até ela. Só então o viu; ele acabara de tomar banho no Rio e saía da água; e não tinha como se esquivar dele. Assim que ele se deu conta da presença dela, cumprimentou-a brincando, e logo as mãos de sua sombra começaram a mexer na cesta. Com destreza, elas tiraram sem dificuldade uma couve, uma alcachofra e uma cebola e as levaram à boca do Gigante, que logo seguiu seu caminho ao longo do Rio e deixou a passagem livre para a mulher.

Ela ficou refletindo se não devia voltar e substituir as peças que faltavam colhendo-as do seu jardim, e com essas dúvidas seguiu adiante. Logo alcançou o Rio, e ficou ali sentada por um bom tempo esperando o Barqueiro, até que finalmente ele chegou carregando no barco um estranho viajante. Um homem jovem, nobre, bonito, que ela não cansava de olhar, desceu da embarcação.

"O que trazes?" gritou o velho.

"São as verduras que os Fogos-fátuos estão te devendo disse a mulher, e mostrou a sua mercadoria".

Quando o velho viu que só havia dois de cada espécie, ficou angustiado e garantiu que ele não podia aceitar. A mulher suplicou com insistência, disse-lhe que agora não podia voltar para casa e que o peso era gravoso demais para o caminho que ela tinha que percorrer. Ele permaneceu firme na sua resposta negativa, garantindo-lhe que isso nem dependia dele.

"Eu devo deixar aí a parte que cabe a mim, sem mexer, durante nove horas, e não posso levar nada antes de ter dado uma terceira parte ao Rio."

Depois de muita contenda, finalmente o velho disse:

"Ainda há um jeito. Se te comprometeres com o Rio e te reconheceres como devedora, poderei pegar as seis peças para mim; mas há um certo perigo nisso."

"Se eu mantiver a palavra, então não corro perigo?"

"Não, claro. Mergulha tua mão no Rio", continuou o velho, "e promete que pagarás tua dívida nas próximas vinte e quatro horas."

A Velha fez o que o outro pedia, mas ficou estarrecida quando retirou da água a mão, preta como carvão! Ela xingou muito o velho, garantindo que as mãos sempre foram a mais linda parte dela, e que ela tinha conseguido preservar esses nobres membros brancos e graciosos, apesar do árduo trabalho. Olhou sua mão com muito desgosto e gritou desesperada: "Agora está pior ainda! Estou vendo que está quase sumindo, está bem menor que a outra."

"Isto parece assim agora", disse o velho; "se não mantiveres tua palavra, ficarás assim com efeito. A mão se reduzirá cada vez mais até sumir completamente, sem que pares de usá-la. Poderás fazer tudo com ela, só que ninguém poderá vê-la."

"Eu até preferiria não precisar dela, mas que os outros a vissem", disse a Velha; "de qualquer forma isso não tem importância, eu vou manter a palavra para me livrar desta pele preta e desta preocupação."

Às pressas, ela pegou a cesta, que levantou sozinha e ficou flutuando acima dela, e correu atrás do jovem. Ele andava devagar pela margem do Rio mergulhado nos pensamentos. Sua figura magnífica e sua roupa estranha haviam impressionado profundamente a Velha.

Seu peito estava coberto por uma armadura reluzente, que deixava entrever os movimentos de todas as partes de seu lindo corpo. Nos seus ombros estava pendurado um manto purpúreo; em volta de sua cabeça descoberta ondeavam cabelos morenos encaracolados; seu rosto gracioso estava exposto aos raios do sol, assim como seus pés bem feitos. Ele andava tranquilo, descalço na areia escaldante, e uma dor profunda parecia afastá-lo de todas as impressões exteriores.

A velha falante tentou convencê-lo a conversar, mas ele não lhe deu muita satisfação, limitando-se a poucas, curtas palavras; assim, apesar dos seus olhos lindos, por fim ela cansou de falar com ele inutilmente e se despediu dele dizendo: "Para mim, o senhor anda devagar demais, eu não posso perder um instante para cruzar o Rio sobre a Serpente Verde e entregar à linda Lilie o magnífico presente que meu marido lhe manda." Com essas palavras ela foi adiante às pressas; com a mesma rapidez o lindo jovem se recompôs e foi atrás dela. "A senhora está indo ver a linda Lilie!" gritou ele; "então fazemos o mesmo caminho. Que presente está levando para ela?"

"Meu Senhor", respondeu então a mulher, "não está certo querer saber com tanta ansiedade os meus segredos depois de responder por monossílabos às minhas perguntas. Mas se o Senhor aceita contar-me sua história, eu não vou lhe esconder quem eu sou e qual é o presente."

Eles concordaram imediatamente; a mulher contou-lhe suas adversidades, a história do Cachorrinho, e mostrou-lhe ao mesmo tempo o maravilhoso presente. Ele tirou imediatamente da cesta aquela obra-prima da Natureza e pegou nos braços o Cachorrinho, que parecia descansar suavemente. "Feliz animal!" ele gritou; "as mãos da linda Lilie te tocarão, serás vivificado por ela, enquanto os vivos fogem dela para não enfrentar um triste destino."

"Triste que nada! Não é muito mais aflitivo e lastimoso ficar paralisado pela sua presença do que morrer pela mão dela?" "Olhe para mim", disse ele à Velha; "nessa minha idade, que condição miserável tenho de suportar. O destino me deixou esta armadura, que eu trajei com honra na guerra, e esta púrpura, que eu tentei merecer governando sabiamente; aquela como um peso desnecessário, esta como um ornamento insignificante. Coroa, cetro e espada foram-se, eu estou nu e necessitado como qualquer outro filho da Terra, já que seus lindos olhos azuis têm o poder malvado de tirar a força de qualquer ser vivo e transformar em sombras vivas errantes todos aqueles que sua mão não mata por contato."

Ele seguiu lamentando-se assim, sem satisfazer de jeito algum a curiosidade da Velha, que queria ser informada de sua condição exterior, e não de seu estado interior. Ela tentou saber o nome do pai dele e de seu reino. Ele fazia carinhos ao Cachorrinho enrijecido, que com os raios do sol e o calor do peito do jovem aquecera como se estivesse vivo. Ele fez muitas perguntas sobre o Homem da Lâmpada, sobre as virtudes da luz sagrada, e pareceu esperar muita coisa boa daquilo tudo para a sua triste condição.

* * *

Enquanto conversavam, viram de longe resplandecer à luz do solo arco majestoso da ponte, que se erguia de uma margem à outra do Rio. Ficaram ambos maravilhados, pois nunca antes aquele edifício parecera-lhes tão belo. "Como?" gritou o Príncipe; "já não era bela o suficiente como ela aparecia aos nossos olhos, edificada com jaspe e prásio?[1] Não devemos ter receio de cruzá-la, agora que resplandece de esmeraldas, crisóprasos[2] e crisó-

1. Variedade de quartzo granular, verde, semelhante ao jaspe, também usado como gema (N.T.).
2. Variedade de calcedônia, de cor verde-maçã ou verde-amarelada, que contém níquel, usada antigamente como gema (N.T.).

litas[1] das mais preciosas variedades?" Ambos nada sabiam da transformação da Serpente: pois era mesmo a Serpente que cada dia, ao meio-dia, arqueava o corpo sobre o Rio e tomava assim a forma de uma ponte. Os viajantes subiram nela com respeito e a atravessaram em silêncio.

Mal chegaram à outra margem, a ponte começou a oscilar e a mexer abaixando-se rapidamente até a superfície da água, e a Serpente Verde, já de volta à própria forma, arrastou-se atrás dos viajantes. Agradeciam-lhe por terem-lhes permitido atravessar o Rio sobre suas costas, quando repararam que, além deles três, deviam ter outras pessoas ali presentes, que seus olhos entretanto não conseguiam enxergar. Escutavam perto deles um sussurro, ao qual a Serpente respondia com um silvo; continuaram escutando, e por fim conseguiram ouvir as frases seguintes: "Para começar", diziam duas vozes mutáveis, "vamos dar uma olhada em incógnito no parque da linda Lilie, e te pedimos para nos apresentar quando cair a noite, tão logo fiquemos apresentáveis, àquela beleza perfeita. Encontrar-nos-á na margem do grande lago". "Está combinado", respondeu a Serpente, e um silvo perdeu-se no ar.

Nossos três viajantes concordaram então em que ordem eles queriam apresentar-se à bela; já que, mesmo que pudesse haver muitas pessoas em volta dela, só podia ir e vir uma de cada vez, se não quisessem padecer dores consideráveis.

---

1. Pedra preciosa da cor do ouro (N.T.).

A mulher com o Cachorro transmudado foi a primeira a se aproximar do jardim. Procurou sua protetora e foi fácil encontrá-la, pois ela cantava acompanhando-se com a harpa; as notas agradáveis se mostraram primeiro na forma de anéis na superfície imóvel do lago, e em seguida como um leve sopro agitaram a grama e as moitas. Ela estava sentada numa clareira cercada, à sombra de um majestoso grupo de árvores variadas; já ao primeiro olhar, ela encantou novamente os olhos, os ouvidos e o coração da mulher, que se aproximou dela com entusiasmo, e jurou consigo mesma que aquela beleza, na sua ausência, tinha se tornado mais bela. Ainda de longe, a boa mulher gritou seu cumprimento e sua louvação para aquela moça tão amável. "Que sorte vê-la, que aura do céu irradia a sua presença! Como fica graciosa a harpa no seu colo, que abraço macio o dos seus braços em volta dela, como ela parece almejar seu seio, e que som suave ela produz com o toque dos seus dedos ágeis! Três vezes feliz o Jovem que puder tomar o lugar dessa harpa!"

Com essas palavras ela foi se aproximando; a linda Lilie abriu os olhos, deixou cair as mãos e respondeu: "Não me perturbes com teus elogios inoportunos, eu lamento mais ainda minha infelicidade. Olha, aos meus pés, morto está o pobre do Canário que sempre acompanhava meus cantos de forma tão agradável; ele costumava pousar em minha harpa, depois de o ter cuidadosamente treinado a não tocar em mim; hoje, descansada depois do sono, comecei a cantar uma tranquila música matutina, e meu pequeno cantor lançava seus trinados harmoniosos, mais ledo que nunca; um Gavião passou de repente sobre a minha cabeça; o pobre do bichinho, assustado, refugiou-se no meu colo, e num instante senti as últimas contrações da sua vida que se apagava. É verdade que atingido por meu olhar, o criminoso já se arrasta sem forças sobre a água, mas o que me vale sua punição se o meu querido está morto e sua sepultura se transformará na moita mais triste do meu jardim?"

"Coragem, linda Lilie!" gritou a mulher, enquanto ela mesma secava uma lágrima que lhe surgira nos olhos ao conto da moça aflita; "anima-te, com minha idade atrevo-me a dizer-te que seques tuas lágrimas e considera a maior desgraça como mensageira da maior felicidade; pois o momento chegou; e em verdade," continuou a Velha, "todos no mundo carregam suas penas. Olha como minha mão ficou preta! E na verdade ficou também bem menor, e tenho de me apressar antes que desapareça completamente! Porque aceitei fazer um favor aos Fogos-fátuos, por que eu tinha de encontrar o gigante e por que mergulhei minha mão no Rio? Poderias me emprestar uma couve, uma alcachofra e uma cebola? Levá-las-ia ao Rio e minha mão ficaria branca como antes, de um jeito que quase poderia rivalizar com as tuas."

"Encontrarias com certeza couves e cebolas: mas seria inútil procurares alcachofras. As plantas do meu jardim não dão flores nem frutos; mas cada galho que eu quebro e planto sobre a sepultura de um ser querido logo verdeja e cresce bem alto. Infelizmente, eu vi crescer todas essas moitas, essas touças, esses bosques. Os para-sóis desses pinheiros, os obeliscos desses ciprestes, os colossos de carvalhos e faias, todos foram pequenas mudas plantadas com minhas próprias mãos como triste lembrança neste terreno, quanto ao mais, infrutífero."

A Velha tinha prestado pouca atenção a esse discurso, pois só ficava olhando sua mão, que na presença da linda Lilie parecia ficar a cada minuto mais preta e mais diminuta. Já queria pegar a cesta e sair depressa, quando se deu conta de ter esquecido o melhor. Logo tirou o Cachorro transmutado da cesta e o colocou na grama perto da bela. "Meu marido", disse ela, "manda-te esta lembrança. Sabes que podes vivificar esta pedra com teu contato. O bichinho, gracioso e fiel, com certeza dar-te-á muita alegria e, para mim, a aflição de perdê-lo só pode ser compensada pela ideia de que te pertence."

A linda Lilie olhou o gracioso animal com satisfação e até, assim parecia, com maravilha. São muitos sinais, ao mesmo tempo, que me trazem esperança; mas, ai de mim! não é uma ilusão da nossa natureza, para nos convencer quando muitas desgraças nos atingem, de que o melhor está próximo?

O que me valem os muitos sinais propícios?
A morte do pássaro, a mão preta da amiga?
O Cachorrinho de pedra, será que tem igual?
E não foi a Lâmpada que o mandou para mim?

Afastada dos doces deleites humanos,
Só tenho intimidade com o sofrimento.
Oh! por que o templo não está sobre o Rio!
Oh! por que a ponte não está edificada!

A boa mulher ouviu com impaciência aquele canto que a linda Lilie acompanhava com as notas delicadas de sua harpa, e que teriam empolgado qualquer um. De fato, ela queria despedir-se, quando foi novamente detida pela chegada da Serpente Verde. Esta ouvira os últimos versos do canto e portanto logo foi encorajando com veemência a linda Lilie.

"A profecia da ponte cumpriu-se!" gritou; "pergunta para essa boa mulher se o arco não resplandece agora de uma forma maravilhosa. O que antes era jaspe opaco, o que antes era só prásio, no qual a luz transluziu quando muito nos cantos, agora se transformou numa gema transparente. Não berilo tão claro, nem esmeralda de cor tão bela."

"Eu te desejo boa sorte", disse a Lilie, "mas me perdoa se eu ainda não acredito que a profecia esteja realizada. Pelo alto arco da tua ponte só podem cruzar pedestres, enquanto para nós foi prometido que cavalos e carroças e viajantes de todos os tipos poderiam passar ao mesmo tempo, indo e vindo. A profecia não menciona os grandes pilares que surgirão do próprio Rio?"

A Velha mantinha os olhos fixos sobre sua mão, e naquele ponto ela interrompeu a conversa e se despediu. "Fica mais um pouco", disse a linda Lilie, "e leva contigo o pobre do meu Canário. Pede para a Lâmpada transmutá-lo num lindo topázio, eu o vivificarei com meu contato e ele será meu melhor divertimento, junto com teu bom Cachorrinho; mas anda o mais rápido possível, pois ao pôr do sol uma invencível putrefação tomará o pobre bicho e estragará para sempre a bela harmonia de sua figura."

A Velha deitou o pequeno corpo sobre folhas macias e foi embora.

"Seja como for", disse a Serpente, retomando o discurso interrompido, "o Templo foi erguido."

"Mas ainda está no Rio", respondeu a bela.

"Ainda repousa nas profundezas da Terra, disse a Serpente; eu vi os Reis e falei com eles."

"E quando é que eles surgirão?" perguntou Lilie.

A Serpente respondeu: "Ouvi ressoar no templo as grandes palavras: este é o momento."

Uma serenidade suave difundiu-se pelo rosto da bela. "Esta é a segunda vez hoje que escutei essas ditosas palavras; quando chegará o dia em que as escutarei três vezes?"

Ela levantou, e logo saiu do bosque uma moça graciosa, que tomou dela a harpa. Atrás dela, outra fechou o assento de marfim entalhado no qual estava sentada a bela, e levou debaixo do braço a almofada de prata. Apareceu uma terceira, com um grande para-sol bordado de pérolas, à espera de que a linda Lilie precisasse dela para um passeio. As três moças eram lindas e graciosas acima de qualquer descrição; contudo elas só ressaltavam a beleza de Lilie, pois qualquer um teria de reconhecer que não podiam ser comparadas a ela.

Enquanto isso, a linda Lilie examinava com benevolência o extraordinário Cachorrinho. Ela curvou-se para tocá-lo, e naquele instante ele começou a pular. Ele olhou em volta todo animado, correu para cá e para lá, e finalmente foi festejar, da forma mais calorosa, sua benfeitora. Ela o pegou nos braços e o apertou contra si. "Estás tão frio!" ela exclamou, "e mesmo que haja em ti só meia vida, para mim és bem-vindo; vou te amar com toda minha ternura, vou brincar contigo, vou te fazer muitas carícias amigáveis e te apertar sobre meu coração." Então soltou-o, afastou-o dela, chamou-o de volta, brincou e correu com ele na grama, de um jeito tão contente e inocente que todos miravam com entusiasmo sua alegria e não tiveram como não participar dela, da mesma forma que pouco antes sua tristeza havia contagiado o coração de todos.

Essa serenidade, essas brincadeiras graciosas foram interrompidas pela chegada do Jovem triste. Ele entrou da mesma forma como já o conhecemos; porém, com o calor do dia, parecia mais atormentado ainda, e na presença da amada ficava a cada instante mais pálido. No punho, ele trazia o Gavião, tranquilo como um pombo, com as asas caídas.

"Não é gentil da tua parte" reagiu logo a linda Lilie, "trazeres diante dos meus olhos o odioso animal, o monstro que hoje matou meu pequeno cantor."

“Não ralhes com o infeliz animal!” respondeu o Jovem; “antes, culpa a ti mesma e ao destino, e permite que eu fique com o companheiro da minha desgraça.”

Enquanto isso, o Cachorrinho não parava de brincar e provocar a bela, que respondia do jeito mais amigável ao queridinho transparente. Batia palmas para afugentá-lo, depois corria para atraí-lo novamente para si. Tentava apanhá-lo quando fugia e o afastava quando ele tentava aproximar-se. O Jovem olhava em silêncio e com crescente desgosto; finalmente, quando ela pegou nos braços o bicho feio, que lhe parecia realmente abominável, apertando-o contra o seio branco e beijando com seus lábios divinos o focinho preto, perdeu a paciência e gritou desesperado: “Terei de suportar, eu que por um triste destino vivo, talvez para sempre, próximo e distante de ti, eu que perdi tudo por tua causa, até a mim mesmo, ver uma criatura disforme e contranatural suscitar tua alegria, atar tua afeição e gozar de teu abraço? Terei de seguir indo e voltando pelo triste percurso do Rio ainda por muito tempo? Não, no meu peito ainda arde uma centelha do velho heroísmo; que neste instante ela se transforme numa última chama! Se o teu peito pode acolher uma pedra, então quero me tornar pedra também; se teu contato mata, quero morrer nas tuas mãos.”

Depois dessas palavras, ele fez um movimento brusco; o Gavião voou de sua mão e ele se atirou para a bela. Ela estendeu os braços para retê-lo, e isso só fez antecipar o contato que tentara evitar. O Jovem perdeu a consciência, e com espanto ela sentiu sobre seu peito o belo peso. Com um grito ela pulou para trás, e o Jovenzinho caiu sem alma de seus braços para o chão.

* * *

A desgraça acontecera! A doce Lilie ficou imóvel, olhando fixamente o cadáver inanimado. O coração pareceu parar no seu peito, e não havia lágrimas nos seus olhos. Em vão o Cachorrinho tentou conquistar um gesto carinhoso; o mundo todo tinha morrido com seu amigo. Seu mudo desespero não buscou ajuda, porque não havia ajuda possível.

Em contrapartida, a Serpente se remexia; parecia cismar em salvar o Jovem, e de fato seus estranhos movimentos serviam pelo menos para estorvar por algum tempo as terríveis consequências da desgraça. Ela descreveu, com seu corpo flexível, um amplo círculo em volta do cadáver, agarrou com os dentes a ponta da cauda e ficou ali tranquila.

Em seguida, apareceu uma das lindas criadas de Lilie trazendo o assento de marfim, e obrigou, com gestos amorosos, a bela a sentar; logo veio a segunda, com um véu da cor do fogo, e com ele enfeitou, mais do que cobriu, a cabeça de sua senhora; a terceira entregou-lhe a harpa, e ela mal apertara contra si o maravilhoso instrumento e fizera brotar das cordas algumas notas, a primeira voltou com um espelho claro redondo; a criada colocou-se bem na frente da bela, atraiu seu olhar e exibiu-lhe a imagem mais agradável que se pudesse encontrar na Natureza. A dor exaltava sua beleza, o véu enaltecia seus encantos, a harpa sublimava sua graça; e ainda que cada um desejasse ver mudar sua triste condição, ao mesmo tempo desejavam ardentemente fixar para sempre sua imagem tal como aparecia naquele momento.

Com o olhar fixo no espelho, ora ela tirava das cordas umas notas sentimentais, ora seu sofrimento parecia crescer e as cordas respondiam violentamente à sua aflição; algumas vezes ela abriu a boca para cantar, mas a voz ficara presa; então sua dor se dissolveu em lágrimas; duas moças lhe deram os braços para ajudá-la, a harpa caiu de seu colo, e a criada, mal tocara no instrumento, rapidamente o pôs de lado.

"Quem pode trazer aqui o Homem da Lâmpada antes que o sol se ponha?" sibilou baixo a Serpente, mas de forma compreensível; as moças se olharam mutuamente e as lágrimas da linda Lilie aumentaram. Naquele momento chegou de volta a Velha com a cesta, sem fôlego. "Estou perdida e mutilada", ela gritou! "olhem como minha mão quase desapareceu; nem o Gigante nem o Barqueiro quiseram me levar para a outra margem, pois ainda estou devendo para a água; não adiantou nada eu oferecer cem couves e cem cebolas, o que é preciso são as três peças, e por essas bandas não há como achar uma alcachofra."

"Esqueça sua aflição", disse a Serpente, "e tente ajudar por aqui; quem sabe assim possa encontrar ajuda para si mesma ao mesmo tempo. Vá o mais rápido possível buscar os Fogos-fátuos, ainda está muito claro para vê-los, mas talvez consiga escutá-los rir e agitar-se. Se eles se apressarem, o Gigante ainda poderá ajudá-los a cruzar o Rio, e eles poderiam achar o Homem da Lâmpada e trazê-lo aqui."

A mulher correu o mais rápido que podia, e a Serpente parecia esperar a volta de ambos com a mesma impaciência da linda Lilie. Infelizmente, os raios do sol poente já douravam a ponta das árvores da floresta e as sombras já se alongavam sobre o lago e o prado; a Serpente agitava-se impaciente e Lilie debulhava-se em pranto.

Aflita, a Serpente olhava continuamente em volta, receosa de que a cada instante, com o pôr do sol, a putrefação penetrasse no círculo mágico e atacasse inexoravelmente o belo Jovem. Finalmente avistou, alto no céu, o Gavião de plumas purpúreas, o peito iluminado pelos últimos raios do sol. Estremeceu de alegria pelo fausto sinal, e não estava enganada; pois logo em seguida apareceu o Homem da Lâmpada, que deslizava sobre o lago como se andasse sobre patins de gelo.

A Serpente não mudou de posição, mas Lilie levantou-se e gritou para ele: "Qual espírito benigno te mandou bem na hora que tanto ansiamos pela tua ajuda e que precisamos tanto de ti?"

"O espírito de minha Lâmpada," respondeu o Velho, "me impeliu, e o Gavião me conduziu até aqui. A Lâmpada soa quando precisam de mim, então tudo que eu tenho que fazer é buscar um sinal no ar; algum pássaro ou um meteoro me mostra a região do céu para a qual eu tenho que me dirigir. Fica tranquila, moça lindíssima! Não sei se eu posso mesmo ajudar, não serve um ser isolado, mas quem se junta na hora certa com muitos outros. Vamos aguardar e esperar. Mantém teu círculo bem fechado, continuou enquanto virava-se para a Serpente e se colocava sobre um montículo de terra para iluminar o corpo morto. Trazei também o gracioso canário e colocai-o dentro do círculo! "As moças pegaram na cesta o pequeno cadáver que a Velha havia abandonado ali e obedeceram as ordens do homem.

Enquanto isso, o sol já descera; com a escuridão, não era só a Serpente e a Lâmpada do homem a emitir luz cada uma a seu modo, mas também o véu de Lilie, que brilhava com uma luz suave e coloria como um amanhecer delicado seu rosto pálido e seu vestido branco. Eles olhavam um ao outro fixamente, com uma firme esperança suavizando temores e tristeza.

Não foi inoportuna então a chegada da Velha em companhia das duas chamas, bem vivas, mas que também deviam ter esbanjado muito, pois estavam de novo muito magras; por isso mesmo, trataram a princesinha e as criadas com mais gentileza ainda. Com a maior segurança e muitas expressões, elas disseram coisas bastante banais, mostrando-se especialmente sensíveis ao encanto que o véu luminoso difundia sobre Lilie e suas acompanhantes. As criadas baixaram os olhos com modéstia, e os elogios à sua beleza com efeito as tornavam mais belas. Todos estavam contentes e tranquilos, exceto a Velha. Apesar das garantias do marido de que sua mão não diminuiria enquanto estivesse iluminada pela Lâmpada, ela afirmou mais de uma vez que, se continuasse assim, antes da meia-noite aquele nobre membro sumiria de vez.

O Homem da Lâmpada tinha escutado com atenção o discurso dos Fogos-fátuos e o alegrava que a conversa tivesse distraído e animado Lilie. E de fato a meia-noite havia chegado sem que ninguém soubesse como. O Velho olhou as estrelas e começou então a falar: "Estamos reunidos na hora afortunada, que cada um execute sua missão, que cada um faça seu dever, e uma felicidade geral dissipará em si as dores de cada um, assim como uma infelicidade geral mortifica as alegrias isoladas."

A essas palavras seguiu-se um estranho barulho, pois todas as pessoas presentes falavam, expressando em voz alta o que cada um devia fazer, menos as três moças, que ficaram em silêncio; uma adormecera ao lado da harpa, a outra perto da sombrinha, a terceira junto da cadeira, e tinham toda a razão, pois era mesmo tarde. Os flamejantes rapazes, depois de dedicar uns galanteios passageiros às criadas, por fim limitaram-se a Lilie, por ser a mais linda de todas.

"Toma o espelho," disse o Velho ao Gavião, "e aos primeiros raios do sol ilumine as adormecidas e acorde-as com a luz refletida do alto."

Já a Serpente começava a mexer-se; ela dissolveu o círculo e encaminhou-se lentamente, com grandes sinuosidades, rumo ao Rio. Os dois Fogos-fátuos a seguiram solenemente, e até pareciam chamas de verdade. A Velha e o marido pegaram a cesta, cuja luz suave ninguém notara até então; puxaram dos dois lados e a cesta tornou-se maior e mais luminosa; deitaram nela o cadáver do Jovem e pousaram no seu peito o Canário; a cesta levantou sozinha e ficou pairando acima da cabeça da Velha, que seguiu atrás dos Fogos-fátuos. A linda Lilie pegou nos braços o Cachorrinho e acompanhou a Velha, o Homem da Lâmpada fechou o cortejo e toda a paisagem ficou iluminada do mais estranho modo por aquela variedade de luzes.

Mas não foi com maravilha menor que a comitiva viu, ao chegar ao Rio, erguer-se sobre a água um arco magnífico, com o qual a benéfica Serpente lhes preparara um caminho reluzente. Se de dia admiravam a transparência das pedras preciosas com as quais parecia edificada a ponte, à noite a sua magnificência luminosa deixava-os pasmos. Para cima, o círculo claro cortava o céu escuro, mas, para baixo, raios animados oscilavam até o centro evidenciando a sólida elasticidade da construção. O cortejo foi subindo lentamente, e o Barqueiro, que de seu casebre olhava de longe, contemplou surpreso o círculo luminoso e as luzes estranhas que apareciam em cima.

* * *

Mal tinham chegado todos à outra margem, o arco começou a seu modo a vacilar e a aproximar-se ondulante da água. Logo a Serpente rastejava de novo na terra, a cesta pousou no chão e a Serpente formou novamente um círculo em volta; o Velho inclinou-se para ela e disse: "O que decidiste?"

"Sacrificar-me antes de ser sacrificada," respondeu a Serpente; "promete-me que não deixarás pedra alguma nessa terra."

O Velho prometeu e depois disse para a linda Lilie: "Toque a Serpente com a mão esquerda e teu amado com a direita." Lilie ajoelhou-se e tocou a Serpente e o cadáver. Na hora, este pareceu recobrar vida, mexeu-se dentro da cesta, ergueu-se e sentou; Lilie queria abraçá-lo, mas o velho a deteve, e em contrapartida ajudou o Jovem a levantar e o conduziu para fora da cesta e do círculo.

O Jovem ficou em pé, o Canário adejou até seu ombro, tinha vida novamente nos dois, mas o espírito ainda não voltara; o belo amigo tinha os olhos abertos e não enxergava, ou pelo menos parecia ver tudo sem participar; e mal se apagara a surpresa desse fato, estremeceram novamente ante a transformação da Serpente. Seu belo corpo esguio desintegrara-se em mil, e mil pedras preciosas resplandecentes; por descuido, a Velha, querendo pegar sua cesta, esbarrara nela, e já não se podia ver a forma da Serpente; na grama só restara um belo círculo de pedras preciosas reluzentes.

O Velho logo se pôs a guardar as pedras na cesta, e sua mulher foi obrigada a ajudá-lo. Ambos levaram a cesta para a beira do Rio num ponto elevado, e ele sacudiu para a água toda a carga, com uma certa contrariedade da bela e de sua mulher, que teriam gostado de ficar com alguma coisa. As pedras flutuaram com a correnteza como estrelas brilhosas e cintilantes, e não foi possível distinguir se elas se perderam na distância ou se afundaram no rio.

"Meus senhores," disse respeitosamente o Velho aos Fogos-fátuos, "agora vou lhes mostrar o caminho e abrir a passagem, mas nos prestarão o grande serviço de abrir o portão do templo, pelo qual desta vez temos de entrar, e que ninguém, a não ser os senhores, pode abrir."

Os Fogos-fátuos inclinaram-se cortesmente, e ficaram atrás. O Velho com a Lâmpada entrou primeiro na rocha, que se abriu perante ele; o Jovem o seguiu quase mecanicamente; a linda Lilie ficou, silenciosa e hesitante, a uma certa distância dele; a Velha não queria ficar atrás, e estendeu a mão para que a luz da Lâmpada do marido a iluminasse. Os Fogos-fátuos fecharam a fila, inclinando e aproximando as pontas de suas chamas uma da outra, de modo que pareciam estar falando entre si.

O cortejo não andou muito para chegar diante de um grande portão de bronze, cujos batentes estavam fechados por uma fechadura de ouro. O Velho logo chamou os Fogos-fátuos, que não precisaram de muito incitamento para consumir com diligência fechadura e ferrolho com suas chamas aguçadas.

O bronze ressoou alto quando os batentes se abriram subitamente, e no santuário apareceram as figuras hieráticas dos reis iluminadas pelas luzes que penetravam até ali. Cada um inclinou-se para os veneráveis soberanos, especialmente os Fogos-fátuos não pouparam complicadas reverências.

Depois de uma pausa, o Rei de ouro perguntou: "De onde vieram?" "Do mundo," respondeu o Velho. "Aonde vão?" perguntou o Rei de prata. "Para o mundo," disse o Velho. "O que procuram aqui conosco?" perguntou o Rei de bronze. "Acompanhá-los," disse o Velho.

Assim que o Rei misturado ia começar a falar, o Rei de ouro disse para os Fogos-fátuos, que haviam se aproximado demais: "Sai de perto de mim, meu ouro não é para vossos paladares." Eles saíram, aproximaram-se do Rei de prata e grudaram nele, sua roupa resplandecia com seus reflexos amarelados. "Comigo sois bem-vindos," disse ele, "só que eu não tenho como alimentar-vos; ide a outro lugar saciar-vos e me trazei vossa luz." Afastaram-se, passaram furtivamente perto do Rei de bronze, que pareceu não prestar atenção neles, e se aproximaram do Rei composto. "Quem dominará o mundo?" gritou este com voz balbuciante. "Quem estiver de pé," respondeu o Velho. "Sou eu!" disse o Rei misturado. "Isto deverá ser revelado, disse o Velho, pois este é o momento."

A linda Lilie abraçou o Velho e o beijou afetuosamente. "Padre santo!" disse ela, "agradeço-te de todo coração, porque é a terceira vez que escuto a palavra da anunciação profética". Mal acabou de falar, teve de segurar-se mais ainda ao Velho, pois o chão começou a sacudir sob seus pés; a Velha e o Jovem também se seguraram um no outro, só os ligeiros Fogos-fátuos não perceberam nada.

Notava-se nitidamente que o templo inteiro movia-se como um navio que se afasta suavemente do porto depois de levantar âncoras; as profundidades da terra pareciam abrir-se diante dele enquanto avançava. Não colidiu com nada e nada obstruiu seu caminho.

Por alguns instantes uma chuva fina pareceu infiltrar-se pela abertura da cúpula; o Velho segurou ainda mais firme a linda Lilie, dizendo para ela: “Estamos debaixo do Rio e perto de nossa meta.” Logo em seguida todos acharam que tivessem parado, mas estavam enganados; o Templo estava subindo.

Surgiu então acima deles um estranho estrondo. Tábuas e vigas, num amontoado informe, começaram a romper pela abertura da cúpula estalando. Lilie e a Velha pularam de lado, o Homem da Lâmpada agarrou o Jovem e ficou parado. A pequena cabana do Barqueiro, pois era esta que o templo, ao subir, arrancara do chão e engolira, desceu aos poucos e cobriu o Jovem e o Velho.

As mulheres gritaram alto e o templo estremeceu como um navio chocando-se inesperadamente contra a terra. Apavoradas, elas erravam na escuridão em volta da cabana. A porta estava fechada e ninguém respondeu quando elas bateram. Bateram mais forte, e qual não foi seu assombro quando por fim a madeira começou a tinir. O poder da Lâmpada trancada no casebre o havia transformado em prata de dentro para fora, e logo em seguida o nobre metal começou também a se transformar: as tábuas e vigas perderam aos poucos suas formas irregulares, dilatou-se e o antigo casebre tomou a forma de uma magnífica obra entalhada e lavrada. E eis que assim surgia no meio do grande templo um pequeno e maravilhoso altar ou, se preferirem, um altar digno do templo.

O nobre Jovem veio subindo por uma escada que vinha de dentro para o exterior, o Homem da Lâmpada o iluminou e surgiu outro homem, num vestido branco curto segurando um remo de prata na mão; nele logo se reconhecia o Barqueiro, o antigo morador da cabana transformada.

A linda Lilie subiu os degraus externos, que levavam do templo ao altar, mas ela ainda tinha de ficar longe de seu amado. A Velha, cuja mão ficara cada vez menor enquanto a Lâmpada estivera oculta, gritou: E eu, ainda vou ter de ficar infeliz? Entre tantos prodígios, não haverá um milagre para salvar minha mão?

O marido indicou o portão aberto e disse: "Olha, o dia está despontando, vai rápido e te banhe no Rio." "Que ótima sugestão!" gritou ela; "assim vou ficar toda preta e desaparecer de uma vez, já que ainda não paguei minha dívida." "Vai," disse o Velho, e obedece-me! Todas as dívidas estão remidas."

A Velha saiu correndo, e naquele instante a luz do sol nascente apareceu na coroa da cúpula, o Velho colocou-se entre o Jovem e a donzela e proclamou em voz alta: "Três são as coisas que dominam a Terra: a Sabedoria, a Aparência e o Poder." Ao ouvir a primeira palavra, o Rei de ouro levantou-se, à segunda o Rei de prata, e à terceira ergueu-se lentamente aquele de bronze; enquanto o Rei composto sentou de repente, todo desajeitado.

Quem o viu, não conseguiu reter o riso, apesar da solenidade do momento: pois ele não estava sentado, não estava deitado, não estava apoiado; poder-se-ia dizer que ele havia desabado de um jeito formal.

Os Fogos-fátuos, que até então haviam estado ocupados em volta dele, afastaram-se; pareciam, ainda que pálidos na luz da manhã, novamente bem--alimentados e bem em chamas; com muita habilidade, haviam lambido com suas línguas afiadas as veias de ouro da estátua colossal, até as mais internas. Os espaços vazios irregulares que sobravam ficaram abertos durante um tempo, e a figura ficou com sua forma anterior. Mas por fim, quando até as veias mais finas foram consumidas, a estátua desabou repentinamente; infelizmente, seu desabamento começou logo pelos pontos que geralmente ficam preservados quando o homem senta; ao passo que as articulações, que deveriam fletir-se, ficaram rígidas. Quem não conseguia rir, teve de desviar os olhos; aquele meio-termo entre forma e massa informe era repugnante de se olhar.

Então o Homem da Lâmpada ajudou o belo Jovem, ainda de olhar fixo, a descer do altar e o conduziu direto ao Rei de bronze. Aos pés do poderoso Príncipe, havia uma espada numa bainha de bronze. O Jovem a cingiu. "A espada à esquerda, a mão direita livre!" gritou o Rei violento. Foram então até o Rei de prata, que inclinou seu cetro até o Jovem. Este o agarrou com a mão esquerda, e o Rei disse com voz obsequiosa: "Pastoreie as ovelhas!" Quando chegaram até o Rei de ouro, este pousou a coroa de ramos de carvalho sobre a cabeça do jovenzinho com um gesto de bênção paterna e disse: "Reconhece as coisas supremas!"

Durante essa cerimônia, o Velho observara o jovenzinho com atenção. Depois de cingir a espada, seu peito se erguera, seus braços se mexeram, seus pés andavam com mais firmeza; quando pegara o cetro na mão, pareceu mitigar a força e torná-la mais poderosa ainda com um encanto indizível; mas quando a grinalda de carvalho passou a adornar seus cachos, suas feições se animaram, seus olhos brilhavam com um ânimo inefável, e a primeira palavra que saiu da sua boca foi "Lilie".

"Querida Lilie!" ele gritou, ao mesmo tempo em que se precipitava ao encontro dela pela escada de prata; pois ela o observava das ameias do altar: "Querida Lilie!" O que o homem que já tudo possui pode desejar para si de mais precioso que a inocência e a silenciosa afeição que teu coração manifesta? Ó meu amigo!" ele continuou, virando-se para o Velho e olhando as três estátuas sagradas – magnífico e seguro é o reino dos nossos pais, mas esqueceste a quarta força que primeiro domina o mundo desde os primórdios, de forma mais universal e mais certa, a força do amor." Com essas palavras ele abraçou a linda moça; ela já tinha tirado o véu, e suas feições coraram do vermelho mais gracioso e durável.

Nisto disse o Velho rindo: "O amor não domina, mas constroi, e isso é mais ainda."

Entre prodígios, cerimônias e alegrias, ninguém reparara que o sol já estava alto, e nesse instante apareceram de repente aos olhos da companhia, pelo portão aberto, uns objetos totalmente inesperados. Um grande recinto cercado de colunas formava o átrio, e no fundo via-se uma magnífica ponte, longa e com muitos arcos, que cruzava o Rio; de ambos os lados, havia magníficas arcadas para abrigo dos viajantes, e já milhares deles surgiam cruzando a ponte para cá e para lá. O caminho maior, do meio, estava animadíssimo, um tropel de rebanhos e muares, cavalheiros e carroças, que fluíam como rios de um lado e do outro, sem obstruir uns aos outros. Todos pareciam maravilhados com a comodidade e a magnificência, e o novo rei com sua esposa estavam encantados com o movimento e a vida dessa massa de gente, assim como estavam felizes com seu amor recíproco.

"Presta homenagem à Serpente," disse o Homem da Lâmpada, "estás lhe devendo a tua vida, e teus povos lhe devem a ponte, que pela primeira vez uniu as duas margens vizinhas por terra e as vivificou. Aquelas pedras preciosas que boiavam e resplandeciam, os restos de seu corpo sacrificado são os pilares desta magnífica ponte, é com elas que a ponte se construiu e que se sustentará."

Bem na hora que queriam pedir-lhe para esclarecer esse maravilhoso mistério, quatro lindas moças entraram pelo portão do templo. Pela harpa, a sombrinha e o assento, podiam se reconhecer logo as criadas de Lilie, mas a quarta, mais bela que as demais, era uma desconhecida que cruzou correndo o templo brincando com as outras e subiu os degraus de prata.

"Acreditarás mais em mim no futuro, querida esposa?" disse o Homem da Lâmpada para a bela; ditosa qualquer criatura que, como tu, se banhe no Rio esta manhã!

A Velha, rejuvenescida e embelecida (de sua antiga forma não sobrara nada), abraçou com ardor juvenil o Homem da Lâmpada e acolheu com amabilidade suas carícias. "Se eu estiver velho demais para ti," disse ele rindo, "hoje podes escolher outro marido; a partir de hoje nenhum casamento será válido, se não for celebrado de novo."

"Então não sabes," perguntou ela, "que tu também te tornaste mais jovem?"

"Alegra-me que aos teus jovens olhos eu pareça um jovenzinho; peço tua mão de novo, e gostaria de viver contigo mais mil anos."

A Rainha deu as boas-vindas à nova amiga e desceu do altar com ela e as outras companheiras, enquanto o rei, entre os dois homens, olhava a ponte e observava atentamente a movimentação do povo.

Mas sua satisfação não durou muito, pois ele viu algo que por um instante lhe causou desgosto. O grande Gigante, que parecia não ter se recuperado ainda do sono matinal, cambaleava pela ponte e ali causava grande tumulto. Levantara bêbado de sono como sempre, e pensava em se banhar na enseada habitual do Rio; no seu lugar, encontrou terra firme, e seguiu tateando, subindo na ampla calçada da ponte. É verdade que, embora ele avançasse entre gente e gado da forma mais desajeitada, todos ficaram pasmos com sua presença, mas ao mesmo tempo ninguém chegou a se espantar; quando o sol cegou-lhe os olhos e ele levantou as mãos para proteger-se, a sombra de seus punhos monstruosos as seguiram com tanta força e de forma tão desajeitada para cá e para lá entre a multidão, que homens e animais caíram aos montes, machucando-se e correndo o perigo de ser lançados ao Rio.

O Rei, vendo esses atos nefastos, levou a mão num gesto involuntário para a espada, mas logo recuperou o juízo e olhou calmamente primeiro o cetro, e depois a Lâmpada e o remo de seus companheiros. "Adivinho teus pensamentos," disse o Homem da Lâmpada, "mas nós e nossas forças somos impotentes contra os impotentes. Fica tranquilo! É a última vez que ele causa estragos, e por sorte sua sombra está bastante afastada de nós."

Enquanto isso o Gigante estava cada vez mais próximo e, pela maravilha do que ele via de olhos agora abertos, deixara cair os braços, sem mais causar danos, e entrou boquiaberto no átrio.

Ele se dirigia direito para a porta do templo, quando de repente algo o segurou ao chão, bem no meio do pátio. Ele ficou lá como um pilar imponente, colossal, de pedra avermelhada brilhante, e sua sombra mostrava as horas, que estavam encravadas em círculo no chão em volta dele, não em números, mas em imagens nobres e simbólicas.

O Rei ficou bastante satisfeito de ver a sombra do monstro utilizada da maneira certa; não menos maravilhada ficou a rainha quando, adornada com grande magnificência, subiu o altar junto com suas donzelas e contemplou a estranha visão, que do Templo quase impedia a vista da ponte.

Enquanto isso, o povo apinhava-se em volta do Gigante imobilizado para admirar sua transformação. De lá, a multidão seguiu para o templo, que somente naquele momento parecia tê-lo descoberto, empurrando-se em direção à porta.

Naquele momento, o Gavião com o espelho ficou pairando alto acima da cúpula, captou a luz do sol e a refletiu sobre o grupo parado em volta do altar. O Rei, a Rainha e seus companheiros resplandeceram na meia-luz da abóbada do templo, iluminados por um esplendor celestial, e o povo baixou a cabeça. Quando a multidão voltou a si e se levantou, o Rei e seu séquito já desciam do altar para alcançar, por meio de galerias secretas, seu palácio; então, o povo espalhou-se pelo templo para satisfazer sua curiosidade. Ficou contemplando os três Reis em pé, com admiração e veneração, ainda mais ávido de saber o que podia ser a massa disforme ocultada debaixo do tapete no quarto nicho; pois, de quem quer que fora, um recato bem-intencionado havia estendido sobre o Rei colapsado uma manta suntuosa, que nenhum olho podia penetrar e nenhuma mão ousaria levantar.

O povo não findava de olhar e admirar, e a multidão amontoando-se no templo corria o risco de acalcar-se, se a sua atenção não fora atraída novamente para a grande praça.

Inesperadamente, como se viessem do céu, caíram moedas de ouro tinindo sobre as lajes de mármore; viajantes e romeiros mais próximos precipitaram-se para apanhá-las, mas o prodígio se repetiu isoladamente, ora aqui, ora lá. Foi possível perceber que os Fogos-fátuos, retirando-se, quiseram divertir-se mais um pouco esbanjando alegremente o ouro dos membros do Rei desmoronado. Com cobiça, o povo correu para cá e para lá durante um tempo, continuando a empurrar e brigar quando já não caía mais ouro nenhum. Finalmente foram se dispersando gradualmente, seguiram seu caminho, e até os nossos dias a ponte fervilha de viajantes e o Templo é o mais frequentado do mundo todo.

Exegese de o Conto da Serpente Verde

Oswald Wirth

O esoterismo do *Märchen*

Livrando-me de qualquer preocupação formal, me limitei a fixar umas imagens, cujo arcano significado me perturbara. Resta-me interpretá-las, sem contudo ambicionar esclarecer todo o pensamento do grande poeta alemão, pois tal pensamento perde-se em profundezas insondáveis. Não oferecerei então nada mais do que as interpretações que cheguei a discernir, fundamentadas no conhecimento geral do simbolismo.

Declaro-me incapaz de dar conta de tudo. Mas há coisas que parecem claras, e – tomando-as como ponto de referência – espero conseguir orientar-me num labirinto, aparentemente inextricável.

As indicações fornecidas anteriormente por vários comentaristas foram de grande valia: em particular o artigo do Dr. August Wolfstieg, intitulado "Goethes *Märchen* von der Grünen Schlange", publicado pela "Monatshefte der Comenius Gesellschaft", de janeiro de 1912. Beneficiei-me também de um resumo das interpretações de Bielschowsky, que me foram enviadas pelo Dr. Lauer. Por fim, recebi de Karl Friedrich Laux (de Mannhein) a exegese teosófica do Dr. Rudolph Steiner.

Assim equipado, ouso enfrentar uma tarefa árdua, que espero conduzir a bom fim com o concurso dos meus leitores ... pois espero ser ajudado, no meu trabalho de divinação, pelos espíritos intuitivos e aptos a perceber o que pode ter passado despercebido em minha leitura. E eles terão minha gratidão total, se eu conseguir encontrar a solução definitiva de um enigma, que tanto cativou os admiradores de Goethe.

A cultura iniciatória de Goethe

Antes de tudo convém perguntar se Goethe poderia ter escrito por divertimento ou entretenimento um conto enigmático, com o único prazer de deixar curiosos seus contemporâneos e de levá-los a buscar um esoterismo que ele não tencionava. Goethe orientou-se a deixar crer que assim fosse. Ninguém nunca conseguiu dele o menor esclarecimento sobre a significação do conto. Ele limita-se a escrever, numa carta a Schiller: "Já que os dezoito personagens implicados na ação são todos enigmas, os amantes de enigmas devem buscar sua significação". Zombando dos esforços dos exegetas, ele escreveu em 1797: "São mais de vinte os personagens intervindo na narração. O que eles fazem então todos aí? O conto, meu amigo".

Tanto mutismo e tanta ironia não comprovam que o conto não se refira a nada. Pelo contrário, eu tenho a impressão de que aquele genial pensador introduzira nele suas concepções mais íntimas, aquelas que ele não queria sacrificar em discussões incompetentes. Ele teria então escrito o conto para iniciados, para aqueles que aprenderam a decifrar os hieróglifos eternos do pensamento humano.

Nesse contexto, não podemos esquecer que Goethe era maçom. A loja maçônica *Amalia,* de Weimar, teve a honra de dar-lhe a luz[1] no dia 23 de junho 1780. Um ano mais tarde, ele foi promovido Companheiro, e em seguida elevado a Mestre no dia 2 de março 1782, ao mesmo tempo que seu amigo e protetor, o duque Karl August von Weimar. Em 4 de dezembro do mesmo ano, foi lhe outorgado o Quarto Grau escocês da Estrita Observância, e em 11 de fevereiro de 1783 ele assinou sua obrigação como Iluminado *(Goethe und die Konigliche Kunst,* de Hugo Wernekke, Vormals Meister von Stuhl der Loge Amalia in Weimar, Leipzig, Poeschel et Kippenberg, 1905).

No seu vigésimo ano, Goethe estava iniciado em todos os conhecimentos misteriosos do passado. Então apaixonado pela cabala, pelo hermetismo e mais que tudo pela alquimia, ele mergulhou no estudo dos maiores autores da Renascença. Queria descobrir

1. Expressão usada na Maçonaria para a iniciação ao rito maçônico.

o segredo das operações da natureza e criar para si uma religião baseada no resultado de suas próprias descobertas.

Que trabalho ele andou realizando em seu próprio espírito durante os longos meses de recolhimento que lhe foram impostos quando sua saúde foi desaparecendo, entre 1768 e 1770? Não é mesmo naquela época que uma imaginação fértil como a sua ficou fecundada por germes, que só mais tarde eclodirão plenamente?

Nós sabemos que *'Das Märchen'* foi redigido em 1795. Mas desde quando estava em gestação na esfera mental do poeta? Pode ser que tal gestação tenha sido inconsciente, sub ou supraconsciente, até que um belo dia Goethe só teve de deixar correr ao mesmo tempo imaginação e pena para criar uma obra genialmente coordenada. O próprio Goethe explicou que seus poemas mais belos foram fruto de uma espécie de sonambulismo poético. Apresentaram-se à sua pena sem esforço dele e, para assim dizer, sem que ele tivesse consciência disso (Firmery, *Goethe,* Paris S.F. d'Imprimerie).

Nessas condições, longe de não fazer caso dos leitores do conto, Goethe lhes comunicou as profundezas secretas de seu pensamento. Acredito então que não há por que hesitar em fazer a autópsia de 'A Serpente Verde'. É um bicho que quando se decompõe, transforma-se em pedras preciosas. Tentemos recolher o maior número possível delas.

O *Märchen* criticado

Numa carta a Schiller do dia 4 de dezembro de 1795, De Humboldt deplora a ignorância do público, que não soube apreciar o conto recém--publicado de Goethe. Trata-se para ele de uma obra-prima do gênero, apresentada de forma tão sagaz e gentil que a imaginação fica fascinada. Mas ele acaba criticando o *Märchen.* Os leitores o acusam de não dizer nada, de falta de significado, de sal, de picante, tacham-no de jogo fútil da fantasia, desprovido de um sentido a ser preservado.

Tal julgamento filisteu dá razão a Goethe, que em teoria não queria complicar a narração com uma filosofia profunda, porque esse gênero literário só deve almejar o entretenimento agradável para que possamos esquecer as inquietações cotidianas. Essa fórmula nos trouxe contos bem simples, que não perturbaram o sossego e o espírito de exegeta nenhum, já que seu conteúdo limitava-se a blandícies e plácidas fantasias.

Mas o *Märchen* não é uma fábula inocente, que visa maravilhar as crianças e distrair momentaneamente os adultos das preocupações que os absorvem. Se não fosse mais longe, este conto não resultaria num modelo do gênero. Seria longo demais e complexo demais nas suas peripécias, difíceis de coligar. O leitor sem malícia se perde e fica transtornado: não entendendo nada, ele acaba acusando o poeta de ludibriá-la.

Goethe, contudo, não tinha a mínima veleidade mistificadora. Depois de aplicar-se junto com Schiller ao estudo das regras literárias inerentes ao gênero, pôs-se à obra, dando livre curso à própria imaginação. Esta, deixada livre, não fez o menor caso do programa estabelecido; dando prova de uma independência soberana, inspirou-se nos conceitos que gravitavam nas esferas longínquas da mentalidade do grande pensador. Imaginemos uma série de planetas que exerçam sua influência, apesar de não descobertos ainda. São esses mundos pressentidos, mas ainda não manifestos à consciência, que se refletem na imaginação dos videntes, que são os verdadeiros poetas, os "vates".

Deleitando-se em gravar o que se apresentava espontaneamente na sua busca de peripécias inesperadas, ele foi realmente favorecido. O extraordinário foi coordenando-se de forma feliz, com aquela lógica indispensável que o gosto impõe aos produtos do espírito. Livre de qualquer outra preocupação, o escritor só sonhava escrever bem. Ele constatou que "a mínima coisa torna-se séria quando a arte aplica-se nela" (carta a Schiller, 26 de setembro de 1795). Se o tema do *Märchen* é desorientador, a forma é admirável. Goethe parece ter se superado nessa prosa límpida, de frases sóbrias, na qual nenhuma palavra é supérflua. Tudo é fundamental nesse conto rápido, que poderia ficar constelado de descrições lindas, mas que podiam refrear a substância. Este recife é evitado, graças à magia evocativa, fortemente sugestiva com um mínimo de indicações. Goethe só detalhou o que podia concorrer a orientar a interpretação.

Tudo isso está fundamentado num estudo metódico do *Märchen,* cujos atores devem ser identificados um por um, ou em relação aos demais, para que fiquem elucidados por contraste. Os papéis principais são os da linda Lilie, do noivo, do Velho da Lâmpada e da Serpente. Este último é especialmente misterioso, e sua importância justifica o título de "Conto da Serpente Verde" atribuído ao *Märchen.*

Para ajudar o leitor a melhor relembrar as peripécias do drama, acho útil reparti-lo em seis atos:

1. *Primeira noite*. Os dois Fogos-fátuos acordam o Barqueiro para que os conduza ao outro lado do rio e pagam com peças de ouro; estas são jogadas fora e a Serpente as engole avidamente. O réptil, que fica luminoso tragando o ouro, alcança os dois, que terminam de saturá-lo de metal precioso.

2. *Primeiro dia*. A Serpente fosforescente explora a cripta sagrada, na qual as estátuas dos Reis lhe falam. Aparição do Velho da Lâmpada, que cumpre sua missão, e em seguida atravessa sem resistência a massa de rocha da montanha para voltar para casa. Durante sua ausência, sua mulher recebeu a visita dos dois Fogos-fátuos, cujas brincadeiras provocaram a morte do Cachorrinho.

3. *Segunda noite*. De volta para casa, o Velho transmuda em ônix o cadáver do cachorro e depois redoura o interior da própria moradia por meio do poder da Lâmpada, porque as paredes foram depredadas pelos Fogos-fátuos.

4. *Segundo dia*. De madrugada, a Velha vai saldar a dívida dos Fogos-fátuos e levar para a linda Lilie o Cachorrinho de ônix. A sombra do Gigante rouba-lhe uma alcachofra, uma couve e uma cebola. O Barqueiro só aceita o saldo incompleto dos legumes que lhe são devidos depois que a Velha compromete-se com o Rio. Descendo do barco do Barqueiro, o Príncipe encaminha-se para a linda Lilie junto com a Velha. Eles cruzam o Rio sobre a Serpente, que lhes serve de ponte. Junto com eles, mas invisíveis, os Fogos-fátuos também passam para a margem onde vive Lilie, seguidos pela Serpente.

Lilie lamenta a morte de seu canário preferido, mas restitui à vida o Cachorro de ônix trazido pela Velha. O Príncipe se aproxima, aborrece-se pelos carinhos que sua noiva concede a um horrível animal, e decide acabar com seu sofrimento jogando-se nos braços de Lilie, preferindo a morte ao estado de degradação que lhe foi imposto. A catástrofe seria irremediável sem a Serpente, que forma um círculo em volta do Príncipe inanimado; mas tudo estaria perdido sem a intervenção do Homem da Lâmpada no momento em que desaparece o último raio de sol.

5. *Terceira noite*. Até meia-noite, vigília em volta do cadáver do Príncipe e transporte do corpo ao outro lado do Rio (a Serpente se oferece como ponte luzente para a procissão dos personagens, cada um ao seu modo luminoso). Sacrifício voluntário da Serpente, cuja vitalidade reanima o Príncipe. O corpo da Serpente decompõe-se em pedras preciosas, que são jogadas no Rio. A procissão segue adiante e penetra no santuário escavado no centro da montanha; este passa debaixo do Rio e sai da terra levantando a cabana do Barqueiro.

6. *Manhã do terceiro dia*. O Templo ergueu-se por si mesmo. Os Reis outorgam ao Príncipe seu tríplice poder de ação, de estética e de inteligência. O novo reino estabelece-se, Lilie está feliz. Suas companheiras trazem a Velha rejuvenescida, que se torna novamente esposa do Homem da Lâmpada por mil anos. Este e o Barqueiro transfigurado são promovidos a conselheiros do jovem Soberano. As pedras preciosas procedentes da Serpente juntaram-se na água para formar pilares e arcos de uma grande ponte, que cria uma circulação muito animada entre as duas margens, antes desertas. O bruto Gigante ameaça a nova ordem das coisas, mas

é metamorfoseado em estátua de pórfiro no meio da praça entre a Ponte e o Templo. Os Fogos-fátuos gratificam com seu ouro a multidão reunida para admirar as maravilhas dos tempos realizados.

O Rio e suas duas margens

Para grande parte dos comentaristas do conto, o Rio seria o Reno, que separa duas civilizações. Lilie é a idealidade francesa.[1] flor de beleza, sugestiva de formas harmoniosas, mas incapaz de produzir algo substancial e nutritivo. O contato com Lilie é mortal: de fato, a guilhotina naquela época regia o destino dos idealistas franceses. Mas Lilie galvaniza os seres petrificados, como as armadas francesas comprovaram. No gracioso canário que diverte Lilie quiseram ver as nossas belas-letras, na sua forma amável, que o rigor da literatura revolucionária, simbolizado pelo Gavião,

1. Se assim fosse, Lilie deveria situar-se ao oeste do rio; entretanto seu paraíso estéril está localizado ao leste do pretenso Reno.

matou. Mensageiro das ideias novas, o Gavião (ruborizado pelos últimos raios do sol) guia a marcha do Velho e lhe permite chegar a tempo para operar um salvamento na hora crítica. É o Gavião que deverá esperar o amanhecer para acordar as três adormecidas refletindo nelas a luz solar. Ora, as três beldades que seguem Lilie terão os nomes de Liberdade, Igualdade, Fraternidade.

Na margem oposta, aquela da experiência e do positivismo prático, mora uma estranha família: o Velho da Lâmpada e sua mulher. Esta, pessoa boa e muito preocupada com as aparências, mostra-se acessível às bajulações e torna-se assim vítima das zombarias dos Fogos-fátuos. Estas chamas leves e móveis representam a filosofia racionalista do século XVIII; eles são muito hábeis em devorar o ouro superficial, e ao mesmo tempo prontos a espalhá-lo novamente em seguida, sem nenhum discernimento, com o risco de levantar as ondas do Rio ou de matar o Cachorrinho, alma vulgar, incapaz de assimilar as verdades emancipadoras.

O Velho é um sábio universal, especialmente no que diz respeito ao passado. É ele, intervindo na hora marcada, que conduzirá os eventos em vista da realização do Ideal e da felicidade universal.

Mas fomos arrastados cada vez mais longe numa interpretação inferida dos eventos do final do século XVIII. Goethe estava necessariamente envolvido nas ideias contemporâneas, daí as alusões revolucionárias que podem ser encontradas no conto, escrito durante a Revolução Francesa. Contudo, elas não são mais que um aspecto acidental da composição. Por sedutora que pareça inicialmente, a exegese política não leva longe. Insistindo nesse aspecto, acabamos mergulhando na incoerência. Esqueçamos então o Reno, a França, o Império germânico fundido na pessoa do Rei composto, e examinemos as coisas de um ponto de vista bem mais geral.

No grande Rio, inchado pelas chuvas recentes, podemos ver o próprio curso da vida, a atualidade que flui em oposição às duas margens imóveis (que pertencem uma ao passado conservador do que já foi, e a outra ao futuro em gestação, do ainda não existente). No meio, encerrada entre penhascos que a dominam, destaca-se a existência cotidiana... com seu curso regular, prosaico, seus ondeamentos e turbilhões. O indivíduo satisfeito de se deixar viver, navega por essas vagas tumultuosas e turvas. Ele se adapta aos costumes, às ideias feitas, aos preconceitos, evitando tornar-se autônomo, erguer-se contra a moda e o gosto da época. Fazer como fazem todos é a grande regra da sabedoria vulgar. Se a sociedade humana fosse perfeita, a regra poderia ter um valor absoluto.

Infelizmente, nunca o presente ou uma época qualquer conseguiram realizar o ideal. Obrigados a reconhecer as imperfeições da realidade prática na qual vivem, os homens sempre colocaram a idade do ouro no passado ou no futuro, isto é, numa das margens do grande Rio da vida. Esta vida é feita de lutas, de competição, de ondas que se chocam, se empurram e incham, combatendo-se uma à outra. O Rio sempre fluirá para o Oceano, as vagas sucederão às vagas, entre as margens imóveis e indiferentes? Em outras palavras, as necessidades da vida prática determinarão por si só os destinos humanos, sem que sejam levados em consideração os fatores deduzidos da experiência do passado, ou das aspirações do futuro?

Goethe vê a salvação na construção de uma ponte, combinada com o prolongamento de um santuário subterrâneo que – passando debaixo do Rio – emerge à luz do dia junto à cabana do Barqueiro. Isto nos manifesta a realização da Grande Obra no rejuvenescimento das mais antigas tradições. As novas ideias (por sedutoras que pareçam) permanecerão estéreis como as soberbas árvores do jardim de Lilie[2], até que o Homem da Lâmpada, isto é, o iniciado instruído das coisas escondidas, tenha conjurado a má sorte.

A vida humana coletiva é descontínua. A corrente do Rio simbólico é mais ou menos rápida; o nível é mais ou menos elevado, conforme a abundância das águas. Estas caem do céu e para ele volvem com a evaporação, segundo um ciclo perpétuo por meio do qual afirma-se a Unidade da Vida, apesar da infinita multiplicidade de suas manifestações. Se nós ignoramos a nascente

2. Árvores com pedras preciosas como frutos compõem o pomar de Siduri, a virgem de Saba, que tenta em vão impedir que Gilgames embarque para o mar ocidental, para enfrentar as águas da Morte. Siduri é uma irmã de Lilie, anterior de 50 séculos (Dhorme, *Textes religieux assiriens-babylonais choisis*, Gabalda, Paris 1907).

do Rio assim como sua foz, sabemos pelo menos que sua largura é limitada, enquanto a profundidade das terras que se afastam das margens é sem limites: por um lado há o regresso infinito para o passado, e do outro o campo nunca aberto para o futuro.

As indicações gerais que antecedem nos permitem passar agora ao exame de cada um dos personagens imaginados por Goethe e de particularizar sua significação simbólica.

O Barqueiro, barco, remo e cabana

Ele é o homem que sabe subjugar o Rio; é um velho navegador que nos lembra Caronte, exceto pelo fato de que não está ao serviço dos mortos e que seu barco sulca ondas essencialmente vivas. Manobrando o remo com consumada habilidade, ele procede à vontade por entre as ondas, sem se deixar levar pela correnteza ou afastar-se da rota. Ele domina as vagas, mas é ligado ao Rio por um misterioso contrato que o obriga a ceder-lhe um terço dos frutos da terra, cobrados de todos os passageiros.

Este pacto com a vida prática parece relacionar-se às concessões que o sábio tem de fazer ao momento no qual ele vive, se pretende exercer utilmente uma influência qualquer sobre seus contemporâneos. O

Barqueiro não compartilha as ilusões de sua época, mas as utiliza para influenciar as multidões que ele domina. É um moralizador, um pastor de almas, um educador que se baseia nas ideias feitas, mesmo que supersticiosas. A madeira do barco, do remo e da cabana está morta; contudo, eles são o produto de uma construção realizada por meio da vida vegetal. A esse propósito, ele é realmente o símbolo das superstições, formas que sobrevivem à ideia esquecida, da qual nasceram. O barco representa assim a religião vigente, os costumes aceitos e os preconceitos sociais tratados com respeito. É uma embarcação frágil, que se esfacelaria se esbarrasse num recife, e tem uma duração efêmera, pois a madeira apodrece aos poucos e se esfarela. Mas o barqueiro toma conta de seu barco; ele o governa com destreza, evitando os recifes e preparando-se aos solavancos de perigos indefinidos.

Seu remo, até mesmo quando não houver mais barco, é instrumento indispensável de cada governo. Governar, com efeito, não quer dizer "impor uma vontade". Uma armada comporta ser comandada, mas uma nação precisa ser governada, e isso não é absolutamente a mesma coisa. Para comandar, a brutalidade pode ser suficiente; para governar, é preciso tato. O governo dirige-se à alma, o comando ao corpo. A arte de governar é portanto uma arte sutil, da qual o velho Barqueiro detém o segredo.

Edificada em madeira, sua moradia fica ao lado do Rio, na margem do futuro. Nisso veja-se não mais a religião feita para ser sacudida pelas ondas, mas todo o edifício da ciência humana construído na terra firme, fora do alcance das águas. Que os nossos conhecimentos não sejam mais do que madeira, assim como a religião, é um fato que nenhum filósofo, que tenha meditado sobre a infinita futilidade das coisas, poderá contestar. O Barqueiro sabe qual é o seu lugar; mas um abrigo no convés não é para se desdenhar, e o descanso que ele proporciona à noite nos permite enfrentar as penas e fatigas do dia.

O Barqueiro está incumbido de tudo o que é dado por verdadeiro, tanto no domínio do saber (a cabana), quanto no domínio do crer (barco): ele ajuda aqueles que a ele se entregam a cruzar o Rio. Graças a sua experiência, é seguro atravessar no barquinho dele, isto é, seguir a sua escola, beneficiar de seu ensino. Mas o Barqueiro como mestre só conduz ao passado (história, arqueologia, conhecimento dos sistemas filosóficos e das religiões antigas); é-lhe interditado ajudar a cruzar o Rio em sentido oposto, uma vez que (atendo-se aos dogmas estabelecidos) ele não orienta os espíritos para o que ainda está para ser descoberto. Sua missão não é a do profeta, do inovador, do sonhador preocupado com o que ainda não é. Ele é realista em todas as coisas, e é por isso que só aceita em pagamento os frutos da terra (isto é, o resultado de experiências práticas, imediatamente aplicáveis).

Contudo, ele não tem o direito de tocar esses frutos antes de passadas nove horas. Depois deve entregar ao Rio um terço do que recebeu: o resto lhe pertence. A que gestação refere-se este 9? Quer dizer que um ensinamento ou uma regra não devem ser deduzidos dos fatos ou dos resultados obtidos, senão depois de um certo tempo e depois de uma certa abstração do que constitui o contingente? Por que os três legumes exigidos são três couves, três alcachofras e três cebolas? Estes legumes foram escolhidos em razão das múltiplas camadas que os constituem? Seria temerário querer precisar um simbolismo sobre este ponto, que permanece enigmático.

Os Fogos-fátuos não têm relacionamento com a vida. prática; seu ouro está em oposição aos produtos da terra, cultivados pela prosaica companheira do Velho. Couves, alcachofras e cebolas correspondem a um nutrimento espiritual, conforme, por um lado, às necessidades imediatas da clientela do Sacerdote (o Barqueiro), e por outro lado reservada em 2/3 para o corpo de ensino. Este não seleciona antes de uma novena, consagrada ao exame do conjunto. O que não entra em circulação vai se acumulando em benefício dos adeptos da Arte Sacerdotal e os enriquece de uma Gnose que pode explicar a transmutação final da madeira em prata. Pois o humilde casebre do Barqueiro não ocupará o lugar de honra no grande Templo que surgirá da terra quando os tempos estiverem cumpridos?

O ouro filosófico que cai do céu da pura idealidade não presta para disciplinar as massas. Afirmações de ordem prática são necessárias para os pastores dos rebanhos humanos. Suas varas são de madeira, aludindo aos dogmas ditados pelas necessidades da hora e proporcionais à capacidade das inteligências. Tudo isto é frágil e corruptível; mas tem a claridade da Lâmpada do Sábio: a velha madeira morta assume o valor de metal de boa liga, já que o esoterismo profundo discerne o núcleo verdadeiro e secreto de cada credo expansivo em boa fé. O homem, na realidade, é tão limitado que permanece incapaz de mentir integralmente, mesmo querendo; ainda mais ele agarra-se à verdade quando é sincero.

Fogos-fátuos, ouro e Serpente

No meio da noite, apelos impacientes acordam o velho Barqueiro: dois Fogos-fátuos pedem para cruzar o rio. Uma vez embarcados, eles não param de mexer, rir e trocar ideias num idioma desconhecido, com muita volubilidade. O que representaria tal binário ígneo, a não ser a vivacidade do espírito forte, que se deleita em discutir sobre todos os assuntos, de forma brilhante, sem nada aprofundar? Como simbolizar melhor o espírito francês do século XVIII, senão com esses alegres companheiros, os quais – admitidos no barco religioso – afligem o piloto com sarcasmos e se agitam como diabos na água-benta?

Para pagar sua travessia, eles se sacodem e derramam peças de ouro no barco molhado. Isto demonstra que sua tolice merece consideração. Esses loucos tratam de tudo com frivolidade, mas recolhem verdades preciosas, que eles só querem espalhar novamente, sem preocupar-se com os prejuízos que podem resultar de revelações intempestivas. Uma única peça de ouro, caindo no Rio, teria causado uma revolução. As ilusões religiosas mantêm a ordem social; na vida prática, tudo é convenção... e o Barqueiro suplica aos Fogos-fátuos levar o ouro de volta para o interesse da segurança. Como(uma vez emitida) a ideia não tem como voltar à fonte, o Barqueiro é obrigado – para evitar uma catástrofe – a afastar cuidadosamente da água todo o infausto ouro.

Levado até a montanha, esse ouro luminoso é atirado numa fenda obscura, na qual é absorvido pela Serpente, cujo corpo torna-se então fosforescente. A verdade, dessa vez, não é rechaçada: o misterioso réptil assimila-a avidamente, beneficiando-se portanto de uma iluminação mágica. Depois de experimentá-la, ele quer mais, e sai em busca da proveniência do ouro, perseguindo os Fogos-fátuos, sem levar em conta penas e lutas.

A Serpente representa aqui a tradição iniciatória instintiva, que se manifesta num culto de ritos e símbolos incompreendidos. O ouro engolido e digerido ilumina interiormente e leva à compreensão das formas praticadas até então, por hábito, por respeito, à sua antiguidade, e também em razão de uma vaga intuição de seu sentido oculto. O filosofismo falastrão dos Fogos-fátuos teve repercussão sobre os sonhadores que se regozijam nas reminiscências de um passado perdido. Uma vez que algo desperta sua atenção, esse tipo de místico busca esclarecimento. Eles se aproximam sem medo dos falantes livres-pensadores, com o resultado de descer dos cumes para abrir caminho através dos pântanos da platitude e da charlatanice.

A velha Serpente parece unir nos seus anéis toda a cadeia de associações ocultas que foram se transmitindo no decurso das épocas, usos e métodos, cujo conhecimento devia ser subtraído ao vulgar, às massas transportadas pelo Rio. O mistério nunca cessou de ter seus hierofantes e seus fiéis, ambos frequentemente reduzidos a não discernir mais nada dentro das trevas sagradas. Este é o caso da Maçonaria, descendente das corporações arquiteturais da Idade Média, que pretendiam coligar-se aos mais antigos grupos de construtores. A partir do século XVII, um espírito novo penetra aos poucos a antiquíssima organização, que parece condenada ao desaparecimento. Foi então que o ouro, desprezado pelo ensino oficial (o Barqueiro), caiu no abismo onde cochilava a Serpente. Esta se apressou a adotar as doutrinas humanistas da Renascença, que teriam agitado perigosamente o Rio. Em seguida – preparada desse modo – ela juntou-se aos Fogos-fátuos, também chamados de Enciclopedistas, livres-pensadores raciocinadores, que nunca carecem de explicações para tudo que parece misterioso.

Esses racionalistas, cujo domínio está na vertical (abstração, teoria, transcendência), deslumbram a pobre da Cobrona, condenada a rastejar horizontalmente no chão do positivismo, do concreto e do realizável. Contudo, como ela pede às Chamas para informar-lhe a procedência do ouro (que ela até imagina caída diretamente do céu), os Fogaréus caem na risada e sacodem-se para despejar peças de ouro, que eles se divertem em vê-la devorar. Depois de tornar-se luminosa nessa companhia brincalhona, a Serpente apressa-se a voltar para a montanha e a introduzir-se na cripta, cujo segredo a intriga.

A grande Serpente é inofensiva; antes de degustar o ouro, ela se alimentava só de ervas tenras e de água cristalina. Bicho bom sem medo de nada, ela fica feliz de se oferecer como ponte – ao meio-dia – para os amigos da linda Lilie. Ela detém um segredo ignorado pelo Velho, ainda que este seja instruído nos arcanos supremos da sabedoria tradicional. Interiormente iluminado, o Píton soube adivinhar a palavra atual, permitindo anunciar que os tempos estão cumpridos. Esta não é uma noção de ordem teórica ou abstrata, mas uma evidência que se tornou sensível, uma palavra de ordem universalmente aceitável. A Serpente reencontra a Palavra Perdida, restabelecendo a intenção construtiva entre os operários momentaneamente distraídos da Grande Obra. É o ator mais enigmático do *Märchen*. Ela representa uma vida distinta daquela que flui com o Rio, uma infindável vitalidade manifestada aos iniciados que podem dizer: a acácia me é conhecida.

Quando a Serpente se sacrifica, ela se decompõe em pedras preciosas que o Rio recebe sem revolta. São materiais construtivos que retomam a vida no âmago das águas, multiplicando-se e agregando-se autonomamente para que surjam das profundezas os pilares daquela ponte maravilhosa e indestrutível que garante a felicidade dos povos. Renunciando ao seu mistério tradicional, para comunicar-se às multidões que se tornam iniciáveis, a Iniciação opera o efetivo milagre da reconciliação humana universal.

Os Reis e o Homem da Lâmpada

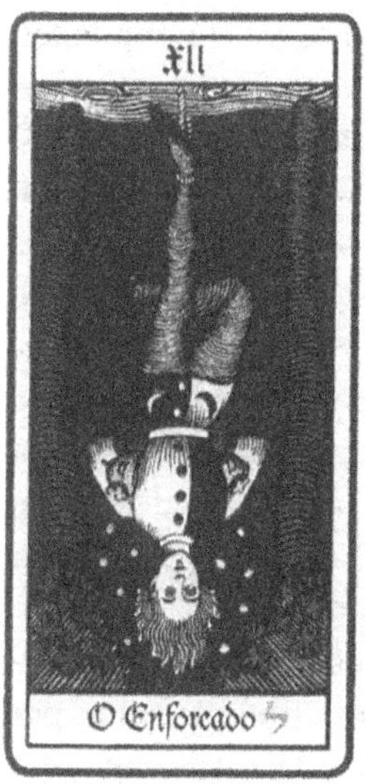

Quatro estátuas régias são os ídolos do santuário subterrâneo. A primeira (inteiramente composta de ouro puro) representa a Sabedoria, fundada sobre verdades eternas, imutáveis e inalteráveis como o metal precioso. A segunda corresponde às Aparências, às formas exteriores variáveis, que se impõem pelo fascínio e beleza; seu metal é a prata. A terceira estátua, sólida na sua corpulência de bronze, representa a Força que executa. Reconhecemos então o ternário maçônico das potências destinadas a reinar sobre a terra quando a quarta estátua, a do Rei compósito, for fundida. Bronze, prata e ouro fornecem a substância desta última estátua, que simboliza o oportunismo, regime equívoco destinado a desmoronar sob a ação dissolvente da crítica que lhe tira todo elemento de sustentação.

Os Reis fazem perguntas análogas àquelas do ritual maçônico: de onde vens? dos abismos onde se encontra o ouro (da Loja de São João, na qual recebi a Luz). O que há de mais resplandecente que o ouro? a luz (vivente na irradiação, enquanto o ouro está morto na sua fixidez). O que há de mais confortante que a luz? a palavra (o Verbo agente não se contenta em aclarar o espírito, mas também penetra na alma e a conforta).

A Serpente não tem dificuldades em responder, pois já detém um grau suficiente de instrução iniciatória, ainda que não em todos os segredos. O verdadeiro Mestre do mistério é um frágil ancião, vestido de camponês, que carrega uma pequena lâmpada. Esta projeta uma luz suave, cujo brilho não cria sombras. Este personagem, capaz de atravessar sem resistência a rocha e de deslizar sobre a água sem afundar, não parece materializado. Ele nos lembra o Eremita do Tarô, ancião prudente que esconde sua lanterna debaixo do manto de filósofo para mostrar sua luz só na hora certa.

Quando ele emerge subitamente da parede rochosa da cripta, o Rei de ouro lhe pergunta: "Por que vens, visto que já temos luz? Sabeis que me é proibido aclarar as trevas".

O Velho personifica o Espírito iniciatório superior aos indivíduos. De certa forma, poder-se-ia assimilá-lo a Hiram, o mestre imortal que ressuscita no adepto suficientemente iluminado. A Serpente (isto é, a associação dos Iniciados), apesar de todo o ouro que pôde assimilar, só aclara o que está muito perto dela. Sua fosforescência lhe permite reconhecer os objetos mais próximos, mas é preciso a intervenção de mais uma luz para que o Santuário todo fique iluminado e nada permaneça na sombra. Trata-se de uma luz integral, a "Verdadeira Luz", como dizem os Maçons. Tal luz não pode manifestar-se na escuridão completa; mas um princípio de luminosidade iniciatória faz apelo ao Velho com a Lâmpada, que realiza a iniciação outorgando a Mestria.

Espírito penetrante, ele tem o dom de prever o futuro. Ele sabe que o reino do Rei de prata não está próximo de acabar, porque os homens perigam nunca ser governados pela razão pura (ouro). É verossímil imaginar que aparências e ilusões sigam dominando-os para sempre.

Quanto ao Rei de bronze (a Vontade que executa), sua hora está próxima. Uma vez erguido, ele deverá aliar-se com seus irmãos de Ouro (a Sabedoria que aprofunda) e de Prata (a Arte que seduz as almas). Quando ficar de pé, ele dará fim ao reino do Rei compósito (contemporização, incoerência oportunista).

O Homem da Lâmpada conhece três segredos.

É provável que sejam as respostas ao tríplice enigma da Esfinge: "De onde viemos?", "Quem somos?", "Aonde vamos?". A primeira interessa especialmente ao Rei de ouro, que remonta aos princípios, às verdades necessárias das quais deriva a Sabedoria, que pode se chamar também de conhecimento racional. Para o Rei de prata (que só olha para a superfície das coisas e seus efeitos), o segredo mais importante diz respeito aos fenômenos que podem ser comprovados; então, o progresso da ciência nos revela o mistério do que existe e nos faz entender o que somos. O Rei de bronze lançará o clarão de sua vontade, ou brandirá a clava (dará um golpe de malho) quando se fixar sobre o objetivo a ser perseguido, quando souber aonde vamos. O Rei compósito desinteressa-se dessas questões, pois carece de uma razão de ser, e só subsiste por causa de uma ilogicidade necessariamente frágil e transitória.

Os Reis são estátuas imóveis dentro de nichos. Eles esperam que o Velho lhes comunique o seu tríplice segredo; mas o Iniciado deve ficar calado até que a Palavra perdida seja encontrada novamente.

Entretanto, a Serpente detém o quarto segredo; ela o sopra no ouvido do Velho, que exclama então em voz alta: "Os tempos estão cumpridos!". Qual é a palavra mágica revelada pela Serpente? O ouro vindo dos Fogos-fátuos pode ter-lhe sugerido um vocábulo sintético, índice de certo estado espiritual, sugerido pela mentalidade humana. Os homens, em número suficiente, tomaram consciência de sua solidariedade? A palavra anunciando que a hora chegou seria então "Humanidade". A noção da Grande Obra construtiva humanitária tornou-se finalmente luminosa no espírito dos pensadores? A palavra sagrada poderia ser então "Trabalho". Sobre este ponto, o campo permanece aberto, pois o Velho foi o único a recolher o segredo da Serpente.

Segredo formidável, palavra de ordem de uma nova criação, de uma renovação integral do mundo. Sua enunciação em voz baixa sacode o Santuário, de onde o Velho e a Serpente se retiram em sentidos opostos, cada um atravessando a seu modo a massa da montanha, o primeiro rumo ao Ocidente, e o outro rumo ao Oriente. A Serpente volta assim à fonte da luz emancipadora, que dissipa as trevas da noite. O que assimilou da Tradição permite-lhe lutar contra os preconceitos, combater contra os erros que se opõem à realização do ideal agora formulado. Quanto ao Mestre espiritual, ele retoma o domínio dos espíritos, aquele Ocidente misterioso onde desaparece Osíris. Sua passagem através da montanha deixa um rastro de ouro, graças ao brilho da Lâmpada que transforma as pedras em ouro, a madeira em prata e os animais mortos em minerais preciosos, com a condição porém de não se misturar com nenhuma outra luz. Com efeito, a irradiação da Lâmpada mágica perde sua virtude transmutativa se ela se combina com outras radiações: neste caso, ela limita-se a iluminar de forma agradável e penetrar nos viventes com ondas confortáveis (fluido vivificador).

Trata-se aqui evidentemente do Verbo, considerado em sua vívida irradiação, também chamada de Grande Mercúrio dos Sábios, que penetra por toda parte, ilumina as inteligências receptivas e estimula todo ardor generoso. Tal agente (desde que nenhuma outra influência se associe à sua) transforma em ouro espiritual qualquer pedra, isto é, qualquer substância que possa contribuir para a construção humanitária, no sentido maçônico. Deixai para trás vossos metais, símbolos do que perverte e vos tornam ávidos: eles serão aniquilados pela luz iniciatória. Isolai-vos do mundo profano e de sua influência corruptora para que Hiram vos ilumine e a Grande Obra se cumpra em vós.

Produto da vida vegetal, a madeira morta se transmuta em prata pela ação do Grande Agente mágico universal. A forma efêmera que sobrevive fica então assentada na beleza: a Arte interveio para estabilizar e dar um valor duradouro às aparências, às ficções e às ilusões estéticas.

Mas como pode um animal morto petrificar-se num objeto precioso? O Cachorrinho pode nos instruir a respeito.

O Velho e o Cachorrinho

A palavra fatídica, trazida de fora, ressoou no santuário interior da Montanha, e misteriosamente empurra o Velho para fora, rumo ao Ocidente. Encontramo-lo novamente em sua casa (edificada ao lado da Montanha iniciatória), que agora está ligada por uma passagem dourada à cripta central, onde esperam os Reis. A casa não é um casebre pobre como a moradia do Barqueiro. A residência do Velho é edificada com pedras sólidas extraídas da Montanha, assim como a própria Montanha constitui a antítese do Rio.

O Rio representa o que flui adaptando-se às circunstâncias, variando sem parar, como as modas e as opiniões conforme o capricho da atualidade; trata-se do domínio do Barqueiro. A Montanha simboliza o contrário, portanto tudo que é fixo e invariável. Sua massa rochosa cobre o Santuário do esoterismo mais profundo, em que os princípios imutáveis (as estátuas dos Reis) estão sólidos numa imobilidade hierática. Tenebroso por si mesmo, esse centro é isolado da luz exterior pela altura e espessura inteira da Montanha. Amontoado de minerais, contudo livremente atravessado pelo Velho, portanto pelo espírito capaz de iluminar, de discernir, de entender a si mesmo e fazer entender os outros. Trata-se mesmo do Mestre, cuja moradia apoia-se ao exterior da Montanha, em oposição ao Santuário interior. Este último corresponde às profundezas que o pensamento se esforça para alcançar mergulhando em si mesmo e descendo até o fundo do insondável onde se esconde a verdade.

A casa do Velho poderia não ser mais do que a beira desse poço, isto é, a formulação sistemática (e portanto acessível à inteligência humana) da doutrina iniciatória. Tal casa seria então um edifício intelectual, como a cabana do Barqueiro. Mas enquanto esta não é mais do que um andaime de conhecimentos práticos (baseados na observação superficial, num empirismo muitas vezes grosseiro), a casa do Velho é construída solidamente com blocos talhados com o esquadro. Há então uma coordenação metódica de verdades comprovadas, uma filosofia apta a passar pelo crivo dos séculos e de todas as variações da fantasia humana.

O Sábio por excelência partilha essa moradia com uma esposa, que se mostra acessível a todas as fraquezas femininas. Ele a encontra em prantos porque, durante a ausência do marido, os Fogos-fátuos abusaram da confiança da boa mulher para lamber as paredes da habitação e despojá-las de todo seu ouro superficial. Perpetrada essa malandragem, os Fogaréus galantes ficaram se agitando, numa trepidação de gratidão. Peças de ouro luminoso rolaram no chão, da mesma forma que frutos caem de uma árvore quando sacudida. Infelizmente o Cachorro da casa precipitou-se para comer o metal, cuja absorção acabou matando-o: daí a aflição da triste Velha. Além disso, esta não se deu imediatamente conta do roubo dos Fogos-fátuos e, lisonjeada por seus elogios, acabou aceitando abonar a dívida deles com o Barqueiro. Este último recusara o ouro e exigira três couves, três alcachofras e três cebolas. Tais produtos da terra têm valor nutritivo e representam ao mesmo tempo um alimento espiritual, respondendo às necessidades das pessoas comuns transportadas pelo Rio.

Se compararmos os três legumes, podemos notar que a cebola cresce na terra em pouca profundidade, a alcachofra é um fruto claramente aéreo e a couve é uma expansão vegetal sem muita elevação acima da superfície do chão. Esta parece referir-se às noções utilitárias mais banais; a alcachofra (que não poderia crescer no domínio de Lilie) poderia representar as teorias empíricas da ciência aplicada, provisória e superficial; a cebola enfim corresponde às sentenças pouco aprofundadas da sabedoria corrente.

A companheira do Velho tem todos esses legumes na horta, já que ela personifica a inteligência prática, que não busca remontar até os princípios abstratos, e contenta-se em coordenar as observações que pode efetuar no domínio do concreto. O frenesi dos Fogos-fátuos explica sua visita: eles sentiram prazer em despir-se de todo seu ouro para jogá-lo à Serpente. Tendo exteriorizado tudo o que eles possuíam, tornam-se ávidos de novos conhecimentos. A casa do Sábio lhes permite fartar-se de verdades de uma ordem mais elevada: eles descobrem que o ouro filosófico tem sabor melhor que o comum. Este ouro superior é mais mortal ainda para o pobre Cachorrinho, bicho devoto que (ao contrário da Serpente) não pode assimilar-se ao metal luminoso. O fato é que ele dá viravoltas sobre si mesmo, e não é iniciável como a Serpente, que, ao contrário, é um bicho fino e longo, flexível e insinuante. A fidelidade do cachorro reportar-se-ia nesse sentido à credulidade, à fé nativa que aceita sem compreender e que perpetua os piedosos costumes por hábito, conservando desse modo formas cuja significação está perdida?

Depois de cobrir meticulosamente de cinzas as brasas ainda ardentes da lareira e depois de fazer sumir as peças de ouro que o Cachorrinho não engoliu, o Velho expõe o interior da casa à luz isolada de sua Lâmpada. Rapidamente as paredes cobrem-se de novo ouro, tão puro quanto o anterior. O que importa, com efeito, se verdades iniciatórias caem no domínio público arrastadas por espíritos vis ou filósofos vulgarizadores? O mistério é inexaurível; o que o espírito consegue discernir nele torna-se Ouro filosófico.

Mas por que o Cachorrinho, mesmo conservando suas próprias formas, fica petrificado na substância? Se realmente sua função no estado vital era cumprir os ritos sagrados instintivamente, sem entendê-los, por piedade supersticiosa, pode-se conjeturar que não tinha condições para suportar a luz interior absorvida junto com o ouro dos Fogaréus. Tal racionalismo, que pretende dar-se conta do porquê das coisas, acaba matando a espontaneidade. A forma exterior decompor-se-ia, não fosse o Velho, capaz de penetrar o sentido do acontecido, que a torna permanente e lhe dá o valor de um mineral precioso e translúcido (o ônix).

O Gigante e a sua sombra

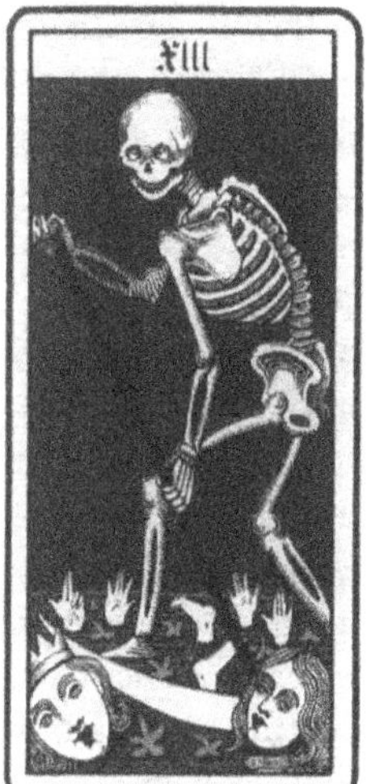

Não tendo condição para devolver a vida ao Cachorrinho, o Velho encarrega a mulher de levar o bicho petrificado para Lilie, que tem o poder de reanimá-lo com seu contato. Para isso, o Barqueiro deve antes receber os legumes que lhe são devidos. A Velha carrega os vários objetos numa cesta sobre a cabeça. Este recipiente é um receptáculo estranho: a cesta fica leve com tudo o que está morto (como o Cachorrinho de ônix), mas fica cada vez mais pesada com o peso de objetos vivos. Paulatinamente, os poucos legumes oprimem a mensageira. Apesar do cansaço, ela segue seu caminho até que vê o Gigante voltando do banho no Rio, e sua sombra terrível, que o sol nascente projeta até ela. Sem que ela possa se defender, essa sombra irresistível pega da cesta uma couve, uma alcachofra e uma cebola, que o Gigante devora rindo tolamente. Dessa forma, a Velha não pode mais pagar o Barqueiro, que a obriga a comprometer-se com o Rio, de avalizar a dívida dos Fogaréus, a ser paga dentro de 24 horas.

A cesta que a Velha carrega acima da cabeça, às vezes até sem contato com ela, representa aquela substância psíquica exteriorizável, da qual a Magia tira proveito para realizar prodígios. Trata-se de uma emanação fluídica, conhecida pelos magnetizadores e pelos ocultistas, uma condensação mais ou menos densa da luz astral ou da substância psíquica. Tal luz anímica escurece quando está concentrada ou coagulada, uma vez que desse modo ela se aproxima da matéria. Ao contrário, quanto mais difusa e etérea ou espiritualizada, mais se torna luminosa. Isso explica o aumento do poder luminoso da cesta quando é esticada pelo Velho e pela Velha, que (como veremos mais adiante) a alongam para conseguirem colocar nela o cadáver do Príncipe.

O que está morto, não só não pesa nada nessa cesta, mas, além disso, a eleva acima de qualquer ponto de apoio. Isto acontece por causa da força ascensional inerente às formas, que não estão mais ligadas à vida transitória e grosseira. Transmudado num maravilhoso objeto de arte, o Cachorrinho de ônix ficou "astralizado", e a Velha o transporta na própria esfera imaginativa (a cesta) sem esforço nenhum. Os legumes frescos, pelo contrário, são atraídos para o chão por causa da vida que contém, vida inferior, que tem suas raízes no fogo central, no ardor subterrâneo ou infernal.

A sombra do Gigante só fica poderosa de manhã e à tarde; ao meio-dia é pequena demais para exercer uma ação eficaz. Trata-se então de uma força oposta à luz plena da razão, ao positivismo que aclara cruelmente as coisas, mostrando-as como são. Mas o que é tal "negativismo", capaz de produzir efeitos desagradáveis para uns e proveitosos para outros? A sombra está ligada a tudo o que a razão não esclarece, portanto ao que fica inexplicável. Esse mistério torna-se ativo nas horas em que a inteligência fica inquieta, seja porque acorda temerosa (de manhã), seja porque cede ao cansaço (à noite). A ignorância exercita então seu poder sob a forma de inúmeras ilusões, quimeras e superstições. Não seria o caso de ver no poderio dos temores injustificados um efeito da sombra do Gigante propagando-se entre os emotivos vulneráveis ao terror? Certas Ordens gozam de uma reputação formidável de terror, principalmente por causa da credulidade ignorante de seus adversários. Jesuítas e Maçons não estariam entre elas? Não é de estranhar então que a Velha seja vítima de fantasias desse tipo, já que personifica justamente a impressionabilidade imaginativa.

Mas a sombra do Gigante pode também ajudar a cruzar o Rio. Deixando-nos levar pelas ilusões, conseguimos de fato ser carregados pela correnteza da vida prática, para alcançar a margem do ideal, domínio de Lilie. Observamos aqui que os personagens de Goethe não se valem deste recurso conhecido, mas sem dúvida equivocado, de transpor a onda instável com o fluir vulgar das coisas.

O Gigante se banha no Rio sem abandonar as margens. Ele contudo fica confinado à margem do passado, como se estivesse incumbido de vigiá-la. Na verdade, o hábito, os preconceitos, os impulsos irracionais do atavismo provocam a ação irresistível da sombra, ao passo que ele corresponde à multidão, à massa gigantesca intelectualmente paralisada, e por si mesma absolutamente incapaz de levantar a mínima coisa até a idealidade. Mas não é tudo. Não é que exercitamos também um poder oculto inconsciente? Estamos inativos quando dormimos? Depois de esgotar todos os nossos meios de ação manifesta, não somos por acaso capazes de agir no mistério? Na nossa ignorância, o instinto pode mobilizar energias desagradáveis. Tal instinto se torna taumaturgo provocando desordens, se abandonado a si mesmo, mas fica idôneo a beneficiar quem sabe aproveitar dos próprios talentos incomuns.

Análogo ao Fogo do Tarô, este Fogo obedece a seus próprios impulsos e aos hábitos adquiridos. Sendo profano e rebelde à iniciação, ele como Gigante acaba petrificado na frente do Templo como um gnomo, cuja sombra inofensiva indica as horas do dia. Podemos entender com isto que os poderes ocultos serão domesticados quando deixarem de ser misteriosos, graças ao triunfo da verdadeira luz humana?

O Gigante não é mau, porque a maldade não se encarna em nenhum dos personagens do *Märchen*. O mal não é intencional, e resulta unicamente de erros de discernimento.

Sabemos conquistar a Luz. Os homens, quando ela alumiar a todos, corrigir-se-ão das suas alienações, ficarão bons e merecerão ser felizes, já que não são amaldiçoados, e, quando caem, é para levantar-se novamente na glória. Mas a vida individual é curta, enquanto a Arte redentora é longa e difícil.

O Príncipe e a Linda Lilie

Depois de muita espera, a Velha, que anseia liquidar a dívida dos Fogos-fátuos, vê finalmente o fatídico barco se aproximando. Um estranho passageiro, jovem e belo, a fascina em alto grau. Ele está coberto de uma armadura brilhante, que não atrapalha seus movimentos soltos, e de um manto púrpura. Uma cabeleira morena de cachos leves protege seu rosto do ardor do sol; descalço, ele pisa na areia escaldante sem prestar atenção ao calor: o peso das penas morais parece apagar nele as dores físicas. Privado da coroa, do cetro e da espada, esse Príncipe perdeu todo seu poder. Tornou-se uma espécie de fantasma, que só vive para amar aquela cujo olhar lhe tirou todas as energias.

Se buscarmos um personagem análogo no Tarô, encontraremos sucessivamente o *Mago*, o *Enamorado*, o *Carro* e o *Enforcado*. Sob estes múltiplos aspectos, o Príncipe consciente, destinado a governar nossos atos e a reinar sobre o corpo, está simbolizado por dois pontos de vista diferentes. O *Mago* associa-se à causa pensante inicial, geradora das nossas ideias, imagens fictícias, representações puramente mentais, que usa para enganar nosso intelecto. Como *Enamorado*, ele é o árbitro moral, que (solicitado em direções opostas) escolhe para fixar os desejos que determinarão seus atos. Como *Carro* (protegido por uma couraça como o Príncipe), ele representa o princípio de autonomia, coordenador das forças associadas na individualidade; mas para conduzir o carro do organismo, o espírito anímico deve estar ornado do diadema da inteligência e segurar o cetro da vontade.

O Príncipe decaído não tem mais nada do que serve para governar; ele anda com dificuldade a pé, sem calçados, mal conseguindo guiar a si mesmo, perdido num sonho irrealizável. Seu estado de verdade é o do *Enforcado*, que tem os braços amarrados, e está pendurado entre céu e terra, atado por um pé à força da idealidade. Só a "morte iniciatória" (XIII) pode pôr fim à impotência desse supliciado; é preciso então que o Príncipe concorde em morrer. O despeito de ver Lilie conceder seus carinhos ao Cachorrinho de ônix,[1] que ela reanima com seu contato,

1. O fiel cachorro – que o ouro dos Fogaréus mata e que a luz iniciatória petrifica – representa a piedade conservadora dos ritos incompreendidos. Tocando-o, Lilie reanima a forma enrijecida,

provoca a catástrofe. A beleza perfeita não é compatível com a vida orgânica; ela só pode realizar-se idealmente no abstrato, domínio de Lilie. Ela mata os viventes, excluídos da perfeição, porque só podem viver adaptando-se às contingências imperfeitas e corroídas pela sujeira. Pelo contrário, idealizando as formas mortas, Lilie as vivifica comunicando-lhes o ritmo de sua mágica beleza. No seu jardim, tudo é belo, mas nada é fecundo; as árvores são maravilhosamente frondosas, mas não dão frutos. O ideal é irreal, aquele que a Arte deve realizar. É preciso que o Artista ou Príncipe case com Lilie ou o ideal; e já que ela dá a morte, que ele não tenha medo de morrer jogando-se com determinação nos braços da amada.

Saber morrer. Este é de fato o supremo segredo de todas as iniciações. Para resgatar sua frustração e reconquistar todas as prerrogativas de ser divino, é preciso que o homem morra para qualquer egoísmo, mesmo que legítimo. Renunciando a si mesmo, ao seu "eu" e a tudo o que nele gruda, o indivíduo deve dissolver-se e fundir-se na universalidade, e esta (se ele voltar à vida) refletir-se-á nele.

A morte do Príncipe faz Lilie mergulhar numa muda consternação: tudo parece irremediavelmente perdido para ela, que não consegue imaginar qualquer remédio para a situação. Paralisada pela dor, nem consegue chorar ou lamentar. Só a intervenção das três lindas moças (que servem à Beleza suprema) interrompe esse primeiro estado

doa-lhe uma alma e uma vida estética; mas ela não pode comunicar o calor vital, como pode, ao contrário, o Príncipe, que, quando carrega o Cachorrinho, o aquece.

de estupor. Uma delas traz o assento de marfim, um trono portátil que permite a Lilie sentar-se, e assim descansar e recolher-se. Ora, a noiva do Príncipe personifica o Espírito anímico ou Alma espiritual, ligada à *Imperatriz* (Arcano III). Tal essência luminosa, fonte de nossas inspirações mais elevadas, deve casar-se ao fogo vital interior, o Enxofre dos alquimistas, representado pelo *Imperador* (Arcano IV), no qual ressuscitará o Príncipe.

Sentada (e portanto imobilizada, acalmada, recolhida em si mesma), Lilie-Psique recebe um véu da cor do fogo, enfeite que realça maiormente seu charme irresistível. Uma dimensão ígnea estimula a partir de então seu pensamento, e seus dedos mexem espontaneamente quando lhe apresentam a harpa. A primeira das três Graças volta então com o espelho, nele Lilie fica contemplando sua dolente, porém ainda mais adorável beleza. Exaltando-se à sua própria visão, a alma sofredora encontra os acentos mais sublimes da arte. O intelecto racional está morto na pessoa do Príncipe, a sentimentalidade pura expande-se numa música impressionante, transmitindo aos ouvintes a emoção que a gerou. Graças a essa propagação, surge o sossego; a exaltação de Lilie cai e as lágrimas fluem: uma volta a si mesmo e à realidade.

Infelizmente, o dia declina, e quando o sol tiver desaparecido, o cadáver do Príncipe não poderá ser preservado da putrefação se o Homem da Lâmpada não intervir a tempo. Com efeito, Apolo opõe-se a qualquer corrupção. Para impedir a decomposição do corpo de Heitor, ele manda sua Serpente pairar sobre o cadáver, que Aquiles arrasta de forma ignominiosa debaixo das muralhas de Troia. A Serpente Verde protege de modo análogo o Príncipe inanimado, formando um círculo em volta dele; mas essa proteção só funcionará enquanto o sol estiver acima do horizonte. Se a noite sobrevier antes que a luz da Lâmpada mágica substitua a luz do dia, a obra de decomposição começará sem remédio.

O sol é considerado aqui como o vivificador universal. Tudo o que vive está relacionado a ele; ele governa o crescimento dos seres, sua construção orgânica. Sua influência construtiva opõe-se à deslocação dos compostos. Sua luz quente é sintética, une e mantém a harmonia. A serpente solar nada mais é que o fluido vital impregnado de luz construtiva, e portanto de forças que se opõem à putrefação. Absorvendo o ouro dos Fogos-fátuos, a Serpente Verde (cor de Vênus, deusa da geração e da exuberância vital) tornou-se luminosa. Ela se colocou a serviço de Apolo, e não hesitará em sacrificar-se para a ressurreição do Príncipe quando a hora chegar.

O Canário e o Gavião

Dois pássaros tomam parte no conto: o primeiro acompanha o canto de Lilie com modulações tocantes; é um simples Canário que pousa na harpa sem nunca tocar sua dona, já que esse contato é mortal. O segundo é um Gavião que, fendendo o ar acima do primeiro, sem querer causa uma catástrofe: o Canário, apavorado, refugia-se no colo de Lilie e morre instantaneamente. Há uma oposição manifesta entre os dois: tímido, carinhoso, sentimental, o primeiro apela para a infeliz moça, que personifica as aspirações mais elevadas da alma; feroz, audacioso, cruel, o outro se torna companheiro da desgraça do Príncipe desesperado por não poder realizar seu ideal.

Lembrando o que foi dito anteriormente com respeito a outro animal, o Cachorrinho, será mais fácil discernir a acepção simbólica dos dois pássaros. O fiel guardião da moradia do Velho correspondia às práticas cultuais, portanto à piedade material que cumpre os ritos por hábito, sem se preocupar com seu significado. O ouro dos Fogaréus aclara interiormente e mata o honesto fetichismo instintivo, que é reabilitado pelo Velho, obviamente sem ressuscitá-lo, mas petrificando-o de forma translúcida. O Sábio nada despreza, porque sabe entender tudo. Quando a fé está morta, ele se interessa pelas superstições, que a Beleza pode galvanizar comunicando-lhes uma vida sem calor. O Cachorro petrificado, vivificado por Lilie, fica espantoso e deixa indignado o Príncipe, provocando a catástrofe indispensável para a redenção geral.

Metamorfoseado em ônix, e depois reanimado por Lilie, o Cachorrinho esforça-se para substituir o gracioso Canário, que a acompanhava no canto. Mas o saltitar do Cachorro é uma distração só para os olhos; ele se agita graciosamente, mas permanece gelado. O pobre Canário, ao contrário, vibrava; suas modulações quentes chegavam ao coração. Representava o senso artístico ao lado da Beleza, o abandono da alma que se torna sensível à percepção do Belo. Sem dúvida, as obras de tal entusiasmo ou de tal misticismo estético permanecem imperfeitas; mas elas consolam Lilie, que graças a elas se sente compreendida, e não pede nada mais do que encorajar um culto sentimental bem mais elevado que as brincadeiras brutas do Cachorro.

Mas uma ave de rapina, de olhar penetrante, apavora o cantor. É a crítica devorante, que enxerga claramente demais, e quer raciocinar sobre as coisas do sentimento.

Sem piedade para qualquer abandono místico, a crítica trunca brutalmente a corrente da inspiração. A lógica (que pretende explicar a Arte) é mortal para a manifestação artística, baseada no desenvolvimento da sensibilidade, não no cálculo ou no raciocínio. Um olhar zangado de Lilie é suficiente para paralisar, pelo menos momentaneamente, o Gavião. De fato, nós não raciocinamos sem nos apoiarmos ao sentimento. Deixado completamente a si mesmo, o raciocínio fica estéril. Mas o Espírito consciente (o Príncipe) recolhe o pássaro maldito, que recompõe as forças e volta a voar, enrubescendo com os últimos raios de sol. Quando ficar escuro nas consciências perturbadas, os raciocinadores terão então a missão de encorajar aqueles que – como a Serpente – esperam a salvação de uma ressurreição das coisas sumidas, mas dignas de reviver. O racionalismo terá também a função de despertar os adormecidos, quer dizer, as três Graças; por fim, ele saberá aclarar o Templo no momento propício e revelar às multidões a transfiguração que se cumpriu para o bem de todos.

Quando o sofrimento está no ápice, é aliás o Gavião que salva a situação. Guiado pelo pássaro, o Velho pode, graças a isso, chegar no momento exato em que sua presença se toma indispensável. Mesmo impotente para intervir e dar remédio diretamente, os raciocinadores têm portanto sua função positiva: eles assinalam o mal, e pedem socorro.

A intervenção do Mestre

Quando sua Lâmpada maravilhosa estala, o Velho (que mora longe do mundo) entende que um apelo está sendo lançado. Sai então de sua morada e fita o céu para descobrir nele o sinal que revele o rumo; então se desloca para onde o esperam. A distância nem parece existir para ele, tampouco as leis da gravidade; ele até desliza sobre a água como se estivesse congelada. Nada poderia indicar mais claramente a natureza espiritual do misterioso Iniciado com a Lâmpada. Não é um homem comum, mas o Homem transcendente da Cabala. Num ímpeto do coração, Lilie o chama de Padre Santo, porquanto reconhece nele o Pai Celeste; não precisamente o princípio criador dos› teólogos, mas antes a "supraconsciência" ilimitada, em relação à consciência operativa (o Príncipe), que, pelo contrário, depende do organismo e fica encerrada na esfera descrita pelo raio limitado de nossas constatações objetivas.

Em caso de desgraça (por causa do afastamento do princípio consciente incumbido do governo da personalidade, simbolizado pela morte do Príncipe), a alma espiritual (Lilie) e a vitalidade ou o instinto de conservação (a Serpente Verde) apelam desesperadamente para a entidade celeste que se religa[2] à individualidade encarnada. Formulada ou não, a prece solicita então "nosso Pai que está no céu", ou seja, o Homem da Lâmpada, que na sua espiritualidade é particular para cada indivíduo, sendo comum a todos os seres. O princípio invocado não aspira a onipotência alguma. Ele se expressa como o ritual maçônico, quando busca a elevação de Hiram: "Não lembrais que só a união faz a força, e que sem a ajuda dos outros nada podemos?". Assumindo a orientação das obras, o Velho limita-se em seguida a distribuir as funções para que cada um cumpra seu papel com zelo e abnegação.

Mantendo fechado seu círculo, a Serpente age sobre a vitalidade que ela retém como que fascinada e reduzida ao estado de êxtase. A luz da Lâmpada iniciatória preservará da decomposição tanto o cadáver do Príncipe quanto o do Canário. O que é iluminado pela compreensão, de fato permanece unido sinteticamente.

---

2. Isto representa exatamente o significado em latim de *religio* (religião), a ligação entre céu e terra, entre o Ser supremo e o Homem (N.T.).

Chegado o momento, forma-se um cortejo luminoso que cruza o Rio até a margem oposta, graças à Serpente que se oferece como ponte. Abandonando o domínio do sonho estéril e das aspirações irrealizáveis, é preciso alcançar a terra do passado, em que subsistem – profundamente escondidos – os vestígios de poderes desaparecidos. Em vez de perseguir quimeras sem ligação com o que é real, é melhor nos aplicarmos a renovar instituições que já foram testadas e que são suscetíveis de reviver.[3]

Se a Serpente simboliza a via iniciatória (a forma como esta perdura, graças às associações de Iniciados em sucessão), podemos presumir que a iniciativa do estudo aprofundado do passado possa ser tomada, entre outras, pela Maçonaria, no intento de descobrir nele os elementos para a construção do futuro. Pois a Maçonaria remonta às próprias fontes do pensamento humano, esforçando-se para modernizar os mistérios da Antiguidade. Todo movimento de regeneração simbolista não será talvez essa ponte iluminante que o velho Barqueiro, do fundo de sua cabana sacerdotal, contempla com certa surpresa? Esse papel de ponte condiz de tal modo à Serpente, que ela não vacila em se sacrificar voluntariamente como animal. Lilie a toca com a mão esquerda (negativa) e subtrai-lhe toda vitalidade, que ela transmite com a direita (positiva) para o noivo. Ainda sem o pleno controle de suas faculdades mentais, o Príncipe revive fisiologicamente, enquanto a

3. Esta é provavelmente a moral essencial do conto de Goethe: o futuro deve ser buscado na renovação do passado, feita com discernimento.

Serpente decompõe-se em pedras preciosas fosforescentes, que são jogadas no Rio (conforme sua solicitação explícita). Com isso devemos entender que as corporações iniciatórias poderão renunciar à própria existência quando os Iniciados não estiverem mais obrigados ao silêncio? No dia em que os povos tomarem consciência de si mesmos, como o Príncipe, que, ainda sem entender, levanta-se e anda, então a Serpente estará perto de ter completado sua missão; seus elementos constitutivos (quer dizer, os Iniciados) não terão mais a obrigação da associação. Eles poderão manter-se em grupos transitoriamente, como pedras que formam um círculo luminoso na grama; mas não demorará muito, e eles serão dispersos pelas ondas da grande corrente da vida geral. De qualquer modo, no fundo do Rio as pedras luminosas recompor-se-ão em pilares viventes de uma ponte permanente, que se edificará e se sustentará por si mesma, como um ser vivo.

Saindo das águas, que deixará fluir sem obstáculos, essa construção juntará o que está separado. Portanto, sempre caberá aos Iniciados reaproximar os homens, facilitar o escambo, remediando as divisões e dissipando os mal-entendidos.

Mas a Grande Obra não está cumprida pelo simples fato da revivificação do Príncipe, em favor de quem a Serpente sacrificou-se. Ainda que em pé, o povo que ainda não tem consciência plena dos seus deveres e direitos não saberá ser efetivamente soberano. É preciso que, na pessoa do Príncipe, conquiste a espada, o cetro e a coroa de carvalho; e para isso, há de obter o acesso aos Reis do Santuário interior da montanha.

Para chegar aos Reis, o Velho (que antes tinha ficado por último) abre o caminho da procissão, fechada modestamente pelos Fogaréus. A ordem invertida das duas procissões se explica: quando é a Serpente (fluido ou instinto vital) a iniciar, ela atrai imediatamente atrás dela os Fogos-fátuos (fantasia razoável), e depois a Velha (credulidade imaginativa) carregando na cesta extensível os corpos do Príncipe e do Canário. Lilie (idealidade, sentimento) com o Cachorrinho (ritos consagrados, convenções) precedem finalmente o Velho (espírito, supraconsciência). Mas uma iniciativa puramente espiritual, emanando de nossa personalidade transcendente (o Velho), arrasta consigo sucessivamente a consciência sermiacordada (o Príncipe), a sentimentalidade (Lilie), a Velha sempre inquieta (imaginação, senso prático), e por último as faculdades racionais (Fogaréus).

Estas são as faculdades que forçam a entrada do Santuário, cuja porta ficaria fechada sem elas. Pois não é que as dissertações sapientes permitem penetrar os mistérios que nos foram roubados?

A ciência superficial e o falatório dos Fogaréus repugnam à sólida sabedoria do Rei de ouro, que afasta de si aquelas chamas excessivamente levianas. O Rei de prata (reinando sobre as aparências, sobre a forma independente da base) deleita-se dos afagos dos Fogaréus, mas, não tendo como nutri-los com sua substância, os encaminha para o Rei composto... de quem eles assimilarão sem escrúpulos o ouro todo, espalhado em veios irregulares em sua substância. Assim prepara-se uma fusão, pela qual ninguém se entristecerá. Mas o Santuário se pôs em movimento. Passando debaixo do Rio, emerge da terra logo onde se encontra a cabana do velho Barqueiro. Transfigurado, assim como sua moradia, ele se torna ministro estimado do Soberano na nova ordem das coisas. Junto com o Velho, ele ajudará o Príncipe a governar com sabedoria, levando em conta todas as contingências, sem afastar nenhum meio inteligente para influir sobre as multidões humanas (Arte sacerdotal).

Para reinar, o herdeiro do trono deve recolher a sucessão intelectual e moral dos predecessores. A espada (fornecida pelo Rei de bronze) dá-lhe a decisão enérgica, que poderia degenerar em tirania, sem o cetro outorgado pelo Rei de prata, inimigo de qualquer violência. Em verdade, conduzir suavemente para a compreensão vale mais do que uma ordem brutal. Mas para exercitar a autoridade suprema, vale mais que tudo ter consciência do que há acima de si; daí o efeito mágico da palavra do Rei de ouro: "Erkenne das Höchste" ("conheça as realidades mais elevadas"). Coroado de carvalho (vigor intelectual), o Príncipe entende, o Espírito universal repercute nele; ele reconhece sua noiva, da qual nada mais poderá separá-lo.

O magistério realizado

Um novo dia se levanta. As duas margens do Rio estão ligadas por uma ampla ponte. A Serpente benéfica, que se sacrificou para a renovação geral, sem dela poder aproveitar, é homenageada. A Velha, que foi banhar-se no Rio, volta rejuvenescida e ainda mais sedutora que as três Graças que seguem Lilie. Ela personifica o senso prático reconduzido a si mesmo, graças ao fato de que a imaginação foi lavada dos temores vãos, da angústia dos hábitos, dos preconceitos e das superstições. Depois de tamanha depuração, a boa companheira, coordenadora das ideias, transforma-se na Alma razoável, feliz de renovar sua união com o Espírito puro.

Apesar de todos os progressos, a ininteligência ainda persiste. Gigante tolo, ela seguirá produzindo desordens até ser imobilizada. Para isso, é preciso que os retardatários da evolução intelectual alcancem o limiar do grande Templo humano. Profanos, servirão para marcar as etapas da marcha do sol. Emblemáticos de épocas passadas, eles permitirão medir o espaço conquistado pela luz sobre as trevas. Com exceção dos enfermos de inteligência, petrificados pelo aspecto do Santuário... a multidão penetra livremente no Templo, onde fica deslumbrada com o brilho projetado sobre o grupo real pelo espelho de Lilie (levado no ar pelo Gavião, com a missão de refletir na hora certa a luz solar sobre os personagens dignos de veneração popular). A crítica racionalista parece aqui se converter ao respeito, depois de reconhecer a necessidade de dar crédito aos poderes estabelecidos. Não há recriminações contra o regime decaído, porque o passado goza da indulgência dos homens iluminados. O que ele tinha de bom, do que sobrou, foi guardado pelos Fogaréus, e estes, invisíveis, semeiam o ouro entre a multidão, que briga para recolher o que cai, ou parece cair, pois sempre haverá espíritos propensos a preferir o passado ao presente, as miragens retrospectivas à realidade. Mas a marcha geral das coisas acaba finalmente arrastando todos; a circulação segue intensa na ponte e a afluência ao Santuário não afrouxará.

Conclusão

Os símbolos são destinados a fazer pensar. À inércia espiritual convêm os dogmas ou os sistemas obsoletos. Goethe meditou muito, como filósofo profundo tanto quanto artista genial. Os problemas que mais o preocupavam inspiraram-lhe o conto genial, que tentamos interpretar de forma rudimentar. Por isso, convém limitar os comentários, apelando para as meditações individuais dos amigos da verdadeira sabedoria para aperfeiçoá-los. Espero que este trabalho possa servir-lhes de guia e ajudá-los a aclarar o caos de imagens evocadas. Se aceitarem sem fugir da pena, a recompensa será um tesouro, pois (como diz o fabulista)... *c'est le fond qui manque le moins.*

A Ponte a ser construída conforme o sonho de Goethe juntou na Alemanha alguns adeptos que se interessaram pela interpretação francesa do *Märchen.* Naquele país, como em outros, as associações iniciatórias foram dissolvidas: isso equivale à morte da Serpente Verde e à sua decomposição em pedras luminosas. Mergulhados no Rio da vida comum, os materiais dissociados somem, mas a energia construtiva opera individualmente. Uma afinidade misteriosa reúne no fundo das águas os elementos dos pilares que vivem, construções madrepóricas destinadas a sustentar a ampla Ponte destinada a unir, num único povo, a multidão díspar dos humanos.

Posfácio à edição brasileira

Roberto Ahmad Cattani[1]

Como lembra Oswald Wirth, Goethe, em várias cartas ao longo de sua vida, diz se 'divertir' com as tentativas de interpretação do *Märchen,* e numa delas até promete fornecer a solução "quando noventa e nove tiverem falhado". Isto nunca aconteceu enquanto ele viveu, e desse modo nunca saberemos o que ele quis mesmo expressar no Conto, se é que ele realmente tencionava explicá-lo.

Nossa alma, ou nossa psique, como a Serpente adormecida no abismo, pode ocasionalmente acordar com o tinir dos símbolos que são jogados perto dela, e se ela souber engoli-los e assimilá-los (sem querer saber mais sobre sua proveniência), ela ficará iluminada, e até poderá iluminar as trevas do mundo em volta.

---

1. rcattani@uol.com.br

Este posfácio não pretende adicionar mais uma 'interpretação' às demais, que só mesmo o mestre de Weimar podia fornecer, ou explicar racionalmente o que deve permanecer em imagens. Tentarei unicamente delinear alguns elementos que me parecem um suporte importante no contexto cultural e espiritual em que Goethe escreveu o Conto. Minha intenção é simplesmente destacar símbolos, alegorias e arquétipos fundamentais presentes na narrativa, sua interação e transformação na fábula contada por Goethe.

Como em tudo o que diz respeito ao simbolismo, nenhuma leitura unívoca é verdadeira, mas é possível sim intuir as verdades intrínsecas e os mistérios subjacentes aos personagens e à história.

As fontes do Conto

Jacques de Molay, último Grande Mestre dos Templários, foi queimado em praça pública na França em 1314. Os Cavaleiros do Templo que ainda não haviam sido aprisionados e torturados passaram para a clandestinidade. Determinados a perpetuar no segredo a ordem sagrada, George Harris, Grande Comandante, Pierre d'Aumont, Grande Mestre provincial da Auvergne, e muitos Cavaleiros se refugiaram na Escócia disfarçados de Maçons. D' Aumont assumiu o título de Grande Mestre no dia de São João. Os Templários, por meio do contato com os Rosa-Cruzes e o esoterismo islâmico, conseguiram se reorganizar e passaram a operar sob a égide da Franco-Maçonaria (que ainda era unicamente operativa), permeando-a dos seus ideais, formulados inicialmente como regra por São Bernardo de Clairvaux[2] e Hugues de Payens, o fundador da ordem, que ocorreu em 1119. A partir daquele momento, a Maçonaria conheceu uma grande expansão na Inglaterra, na França, na Espanha, em Portugal e na Alemanha. Muitos Templários-Maçons também passaram a praticar a alquimia, a magia e todos os tipos de ciências ocultas: com o passar dos séculos, o movimento perdeu grande parte da sua verdadeira riqueza espiritual, subsistindo apenas o ritual e o conhecimento de segredos esotéricos, que foi se transformando em ocultismo.

Quando Goethe descobriu a Maçonaria, em 1780, esta já estava bastante decaída em relação aos ideais de São Bernardo e à missão dos Templários do tempo das Cruzadas na Terra Santa.[3] A Loja Amália de Weimar, na qual Goethe foi iniciado, seguia o "Rito de Estreita Observância" escocês, diretamente derivado dos ritos instaurados pelos Templários refugiados na Escócia, mas praticava uma estranha mistura de ocultismo, religião, filosofia iluminista, política progressista e um ritualismo esvaziado dos seus conteúdos profundos.

---

2. São Bemardo (1090-1153): místico, Doutor da Igreja e fundador do movimento Cisterciense de reforma monástica. Ver *La Théologie Mystique de Saint Bernard*, E. Gilson.

3. Houve no começo do século XVIII, um verdadeiro desvio (das formas e dos princípios sagrados anteriores – N.T.), com a constituição da Grande Loja da Inglaterra, sendo esta o ponto de partida de toda a Maçonaria moderna"; R. Guénon, *Études sur la Franc-Maçonnerie*, Éditions Traditionnelles.

Contudo, foi por meio da Maçonaria que Goethe descobriu a alquimia e a filosofia hermética, que tiveram uma grande influência em sua obra e seu pensamento. Também a Rosa-Cruz foi determinante na composição do *Conto*. Até o século XVII, a Rosa-Cruz não representava propriamente um movimento esotérico ou uma seita, mas designava um grau de iniciação,[4] isto é, um estado espiritual alcançado graças à iniciação e aos ensinamentos recebidos no esoterismo cristão. Mais tarde, a Rosa-Cruz perdeu seu fundamento esotérico cristão e se transformou num movimento ocultista, baseado na vida e na obra (quase certamente fictícias ou simbólicas) do cavaleiro Christian Rosenkreuz na Idade Média, que teria buscado o conhecimento oculto e o elixir da vida eterna no Oriente.

Numa carta de 1786, endereçada a Charlotte von Stein, Goethe já mencionava a obra de alquimia *As Núpcias Químicas* de *Christian Rosenkreuz* como possível inspiração para um conto: "Aí está um belo conto de fadas para ser contado na hora certa, mas terá que ser reescrito para renascer, não pode ser desfrutado na sua pele antiga". Aquele 'conto de fadas' alegórico entre mercúrio e enxofre renasceu nove anos mais tarde como *O Conto da Serpente Verde*.

O *Conto da Serpente Verde e da Linda Lilie*, conhecido simplesmente como *O Conto (Das Märchen)* foi completado por Goethe em 1795. Para escrevê-lo,

4. Ver R. Guénon, *Aperçus sur l'Initiation*, Éditions Traditionnelles.

Goethe estudou vários textos alquímicos, cabalísticos e rosacrucianos, como o *Opus Mago-Cabalisticum,* de Georg von Welling, e *Goldene Kette des Homer,* de J.H: Kirchweger. O estilo, os personagens, e até a estrutura do *Conto* lembram as elaboradas alegorias, frequentemente adotadas pelos alquimistas para ilustrar seu método e suas descobertas numa linguagem hermética, acessível só aos praticantes iniciados. A diferença é que Goethe não queria transmitir (ou ocultar) segredos alquímicos, mas suas concepções espirituais, morais e culturais.

Essas concepções eram por vezes amplas, misteriosas ou polêmicas demais para serem aceitas na sociedade da época: o exemplo mais perturbador é a acusação, bastante frequente, de Goethe ter "negado" Deus, simplesmente porque ele não conseguia aceitar a definição limitada de Deus e a leitura limitativa da Bíblia, comuns naquele tempo. Acusações semelhantes Goethe sofreu em relação aos seus conceitos da Natureza, do pecado, do papel da mulher e do progresso da humanidade.

A interpretação de Wirth

No final do século XIX e no começo do século XX, a Europa conheceu uma redescoberta do ocultismo e do simbolismo, depois de alguns séculos de eclipse por causa da Reforma e do Iluminismo. O ápice do ocultismo como filosofia e movimento espiritual deu-se na Itália da Renascença com Francesco Zorzi e Pico della Mirandola, na Alemanha com Heinrich Cornelius Agrippa e Johannes Reuchlin, e na Inglaterra elisabetana, onde seu principal mentor foi John Dee.[5]

O suíço Oswald Wirth fez parte do ressurgimento ocultista que apareceu na França no fim do século XIX, do qual participam, entre outros, Grillot de Givry e Papus, e de certa forma até G.I. Gurdjieff. Wirth escreveu vários estudos sobre a simbologia da Maçonaria, da alquimia e da astrologia,[6] de divulgação e vulgarização; mas sua obra mais famosa é a reinterpretação simbolística e artística do Tarô de Marselha, cujos arcanos acompanham o comentário publicado nessa edição brasileira.

A interpretação de Wirth do *Conto* de Goethe, embora de valor esotérico e espiritual limitado, tem um grande interesse do ponto de vista do simbolismo. Pois ele possui um conhecimento incomum na leitura dos símbolos e alegorias, capaz de revelar toda a riqueza de conteúdos atrás da simplicidade aparente dos personagens e das situações imaginadas por Goethe em o *Conto*. Como no caso dos arcanos, nem sempre Wirth chega a conclusões incontestáveis do ponto de vista da sabedoria esotérica e iniciatória: mas seu processo de leitura procede de conhecimentos reais e de uma identificação profunda com a visão simbólica do mundo.

---

5. Ver Frances A. Yates, *The Occult Philosophy in the Elizabethan Age*.
6. Ver O. Wirth, *Le symbolisme occulte de la Franc-Maçonnerie, Les mystères de l'Art Royal, Le symbolisme astrologique*, e principalmente *Le Tarot des Imagiers du Moyen Age*.

A alegoria da transformação

O Conto da Serpente Verde foi publicado inicialmente como parte final de uma série de histórias curtas, *As Conversações de Emigrantes Alemães.* As *Conversações* tratam principalmente do sobrenatural, e de alguma forma o *Märchen,* que encerra a série, pode ser interpretado como uma alegoria da transformação. Transição da humanidade, por exemplo, da superstição à sabedoria espiritual: esta era, por exemplo, a interpretação 'humanística' do historiador maçom Otto Caspari; interpretação por muito tempo considerada a leitura mais adequada e "próxima das intenções de Goethe".

Do ponto de vista espiritual, cada personagem sem exceção é transformado ou transmutado no curso da história e passa a um estado mais elevado, mais positivo ou mais útil – e alguns de forma definitiva, 'eterna', ou até o próximo ciclo cósmico. De um estado de potencialidade latente, as figuras arquetípicas evolvem para um modo de ser mais equilibrado, completo e estável. Vários aspectos dos arquétipos que alguns personagens representam acabam fundindo-se entre si.

No *Märchen,* Goethe adota a convenção do conto para poder sonhar um processo de redenção da humanidade, que restabeleça um mundo ideal depois da queda e da expulsão do Paraíso. Processo que os Rosa-Cruzes acreditavam poder atuar através da iniciação, os alquimistas por meio da purificação da matéria e do espírito e os Maçons no âmbito da sociedade. A crise cíclica necessária, desencadeada pela chegada dos

Fogos-fátuos, transforma o reino da fábula, inicialmente ainda entregue à dualidade, num Jardim do Éden no qual as polaridades e as finalidades individuais são reabsorvidas na harmonia geral.

Os personagens principais e seus arquétipos

Os Fogos-fátuos

Em termos científicos, os fogos-fátuos são chamas fosforescentes provocadas pela inflamação espontânea de gases de decomposição emanados de sepulturas e de pântanos. Entretanto, Goethe usa o termo 'Irrlichter' para evocar as luzes mágicas e misteriosas das florestas dos contos de fadas célticos e nórdicos. Nessa tradição, os fogos-fátuos fazem parte da hierarquia dos Elfos de Luz, que agem em benefício da humanidade, ainda que por caminhos tortos; mas eles podem ser prejudiciais para o indivíduo isolado, pois ele pode se perder e ser atraído para lugares perigosos pela fascinação da luz sobrenatural que vem do reino das fadas. Em inglês antigo, o termo usado para os fogos-fátuos, 'Will-o'- the Wisp', é usado também como verbo para 'levar para o caminho errado, desencaminhar, perverter'. Este lado luciferino aparece claramente no *Märchen* onde, por ser 'parentes' masculinos da Serpente, eles tentam, incensam ou cortejam todos os personagens femininos.

Simbolicamente, eles pertencem ao elemento Fogo, e portanto representam o começo de toda fase de transformação (como o sol nascente, a primavera, o signo de Áries). No conto, de fato os Fogos-fátuos desencadeiam uma sequência de eventos que parece levar ao desastre, mas aporta no final à conclusão feliz da crise.

Mas Goethe lhes atribui também características do arquétipo do *Trickster*, a divindade que nas religiões tribais encarna a antítese do Deus criador e bom: como todo *Trickster*.[7] eles são descarados, bagunceiros, velhacos, jocosos, atrapalhados e contribuem, ainda que do seu jeito, para a criação de um mundo novo.

O *Barqueiro* e o *Rio*

Aqui, Goethe parece aludir ao arquetipo do barqueiro da morte na mitologia grega, que conduz as almas do outro lado do rio Styx até o reino subterrâneo. Da mesma forma que no mito grego e nos demais mitos do barco da morte, no conto o Barqueiro não pode levar as pessoas de volta e age simbolicamente como Guardião do Limiar. Só que o Rio neste caso não representa a fronteira entre a vida e a morte, mas o limite entre o mundo sensível e o domínio suprassensível, o *barzakh* (istmo) da espiritualidade islâmica. Poder-se-ia dizer que o barqueiro leva então os viajantes para estados diferentes de consciência e de espiritualidade. Lembramos que na tradição medieval cristã, a Igreja é o barco que deve levar os fieis através das águas turbulentas do mundo até o porto seguro da salvação.

Depois da transformação da Serpente em ponte e da transmutação de seu casebre em altar, o barqueiro

7. Ver J. Campbell, *The Masks of God: Primitive Mithology*.

já perdeu a sua função arquetípica. O Rio já não representa mais um limite simbólico, não há mais o que baldear; então, sua função só pode ser a de Guardião do Templo, pois é no Templo que a humanidade pode e deve buscar agora a conexão entre o mundo sensível e o domínio suprassensível.

A Serpente

É um dos personagens centrais do conto: como na queda de Adão e Eva, cabe à Serpente contribuir para o retorno da humanidade ao estado edênico.

A serpente é um dos símbolos mais complexos e ambivalentes do simbolismo.[8] Dependendo do contexto, ela pode representar o Mal, a eternidade, o rejuvenescimento, a vida eterna, a sexualidade, a sabedoria, a medicina, a divinação, as forças primitivas da Natureza, ou até simplesmente a vida.[9]

No Conto, ela – é importante o fato de tratar-se de um personagem feminino – é "prima" dos Fogos-fátuos e seu inverso: eles são verticais e ela é horizontal, eles transformam sua luz em ouro; ela converte o ouro que engole em luz.[10]

---

8. Ver o extraordinário *Schlangenritual. Ein Reisebericht*, de A. Warburg.
9. "O simbolismo da serpente está ligado à própria ideia da vida: em árabe, a serpente é *al-hayyat* e a vida é *al-hayat*": René Guénon, *Symboles fondamentaux de la Science Sacrée.*
10. Vale a pena lembrar aqui as últimas palavras de Goethe no seu leito de morte: "Mehr Licht!" (Mais luz!...)

No esoterismo tântrico indiano, a serpente Kundalini é o símbolo da energia vital, que deve ser despertada com a meditação e a vontade. No conto, é o ouro reluzente que tira a Serpente do seu sono milenar. Sempre no simbolismo indiano, que Goethe provavelmente conhecia, os *nagas* são divindades com corpo de serpente que guardam a entrada dos templos. A Serpente do conto faz o oposto, ela ilumina o interior do templo para descobrir seus segredos, e mais tarde conduz o grupo até o templo enterrado. Sempre na narração de Goethe, a Serpente forma em volta do corpo do Príncipe o símbolo do eterno retorno, *Ouroboros,* para suspender o tempo dentro de seu círculo. A serpente fechada sobre si mesma, *Ouioboros,* simboliza também para a alquimia o andamento circular de processos recorrentes, como o da sublimação (evaporação, condensação, evaporação e assim por diante até a mudança de estado da matéria para um nível superior![11]).

A serpente é também simbolicamente o 'mestre das transformações': no conto, em vez de mudar de pele e sair mais nova (como a Velha depois de banhar-se no Rio), ela se transforma primeiro em pedras preciosas, e depois numa ponte esplendorosa. Este sacrifício cosmogônico é o quarto mistério que ela revela ao Homem da Lâmpada, o único homem capaz de dar o valor certo ao seu ato. No final, este lembra ao Príncipe que a humanidade deve manter a consciência eterna da dívida com a Serpente para poder continuar a usar a ponte que ela criou e representa.

---

11. Ver Johannes de Rupescissa, *La Vertu et Propriété de la Quinte Essence de toute chose.*

Os Reis

Os quatro Reis da caverna são os soberanos das eras da humanidade, os Reis divinos ou os arquétipos mitológicos das diferentes fases da história sagrada: o Rei de ouro é o regente da Idade do Ouro, o Rei de prata o da Idade de Prata, o Rei de bronze o da Idade de Bronze. Com o quarto Rei, a fusão malsucedida das eras anteriores, Goethe pode estar representando a idade moderna, que tenta juntar todas as sabedorias e todos os poderes materiais, mas só logra produzir um gigante vulnerável e oco, que não consegue se impor e dominar como seus antepassados, e desmorona quando lhe retiram o ouro. A função arquetípica do rei é de mediador entre o poder do Céu e o da Terra,[12] e quando ele não pode ou não sabe exercer sua função, ele é exilado no fundo da terra[13] e deve entregar seu poder ao jovem príncipe humano, purificado pela experiência da morte e renascimento.

O *Templo* e *a caverna*

Templo e caverna são simbolicamente equivalentes e intercambiáveis: a caverna é um templo subterrâneo, o templo é uma caverna que hospeda as divindades e os

---

12. O caractere chinês para designar o rei, *wang*, é formado por três traços horizontais, o Céu, o Homem e a Terra, ligados por um traço vertical.
13. Lembramos também o simbolismo do *Agarrtha*, o reino do Rei do Mundo exilado debaixo do Himalaia. Ver F. Ossendowski, *Bêtes, Hommes et Dieux*, e R. Guénon, *Le Roi du Monde*.

ritos. No Selo de Salomão, o triângulo virado para cima representa o Templo, o fogo ou o princípio masculino; o triângulo virado para baixo representa a caverna, a água ou o princípio feminino.[14] Toda descida a uma caverna prefigura uma viagem iniciatória, enquanto "a subida de volta representa o caminho da alma para ascender ao lugar da intelecção" (Platão, *República,* livro VII).

No conto, primeiro a Serpente, e depois todos os personagens principais descem a caverna e voltam a subir – junto com o Templo inteiro, que emerge do interior da terra. É simbolicamente uma volta ao passado para buscar os Reis das outras Eras e conseguir deles a investidura para o futuro.

A caverna na alquimia simboliza o alambique no qual efetua-se o processo de transmutação da matéria, sua passagem de um estado para outro, como no ventre da mulher grávida.

O Homem da Lâmpada

Este é o arquétipo do velho sábio: ele é o depositário dos mistérios do conhecimento e da espiritualidade e o portador da sabedoria. Ele permanece um guardador, o guardião dos princípios eternos, e seu papel o impede de buscar ou provocar as mudanças (mesmo para melhor) que outros suscitarão; ele não pode instigar os eventos até que eles aconteçam, e sim influenciá-los e guiá-los conforme seu conhecimento.

---

14. Ver R. Guénon, *Symboles fondamentaux de la Science Sacrée.*

A Lâmpada que ele carrega pode simbolizar a luz da iluminação espiritual, ou do espírito divino. *Tenham o Si por lâmpada,* ensinava Buda. Se ela brilhar na alma enquanto outras luzes estão presentes, quer dizer, quando a alma está voltada para o exterior, então seu efeito será unicamente de refrescar e reanimar a alma; ao passo que, se ela só brilha na alma, ou se a alma estiver voltada só para ela, então o interior será tingido de ouro. Este torna a alma imutável e perfeita, pois é o símbolo da sabedoria interior, que os Fogos-fátuos acham "mais saboroso que o ouro material".

O Cachorrinho

Para designar o cachorro que a Velha entrega para Lilie, Goethe usa a palavra *Mops,* termo bastante incomum mesmo no alemão da época. Este uso começa a fazer mais sentido quando descobrimos que havia no século XVIII, na Alemanha, uma sociedade secreta chamada 'Mops Orden', a Ordem do Cachorrinho. Esta surgiu como antítese da Maçonaria, da qual as mulheres eram excluídas. A 'Mopsorden' admitia mulheres e homens, celebrava rituais e mistérios parecidos com os dos Maçons em 'Templos do Amor'. Seus membros eram de preferência católicos; ao contrário da Maçonaria, que buscava impor o domínio da razão, a 'missão' da 'Mopsorden' era "propagar o amor universal". No momento de ser admitido, o membro recebia um *Mops* de porcelana como símbolo da filiação à Loja. A Velha, por ordem do Homem da Lâmpada, entrega um cachorrinho de pedra a Lilie, antes de ele lhe anunciar que "o momento chegou": um procedimento típico entre os membros das sociedades secretas.

A Velha

A Velha encarna, na visão de Goethe, o arquétipo da mulher submissa e dependente na velha sociedade patriarcal, que suas aspirações progressistas, românticas e espiritualizadas pretendiam abolir. No conto, todas as calamidades que atingem a Velha acontecem quando ela está afastada do marido: ela se deixa iludir pelos cortejos dos Fogos-fátuos e eles roubam o ouro da sua moradia; ela responde à cortesia do Gigante, enquanto a sombra dele lhe rouba os vegetais; para não voltar para casa, ela aceita o pacto com o Rio e sua mão enegrece. Suas desgraças decorrem da sua ingenuidade e da falta de firmeza interior, que a deixa vulnerável à influência dos outros. Ela precisa do marido como guia no dia a dia e como inspiração para valores e princípios da vida, mas ela lhe é devotada e fiel, como mostra a renovação do casamento entre os dois no final do conto.

Para se transformar e alcançar um estado superior, a Velha precisa passar por um processo de transformação, cujo agente será o Rio. A mão enegrecida lembra a *Nigredo* dos alquimistas, a fase inicial na qual a matéria é queimada para tirar-lhe a vitalidade primária e criar a base para o restante da Obra. Numa série de imagens sobre a Grande Obra no manuscrito alquímico *Splendor*

Solis (quase certamente conhecido por Goethe nos seus estudos de alquimia), a oitava ilustração mostra um homem saindo das águas de um rio, completamente tingido de preto.[15] Uma nova imersão no Rio lhe dará juventude e beleza, a renovação completa da matéria – se não do espírito.

A linda Lilie

Em Lilie,[16] Goethe parece querer representar o arquétipo de Lilith da tradição judaica e cristã, como até o nome parece indicar:[17] a linda mulher cujo contato é perigoso, porque pode extraviar da reta senda – do casamento ou da espiritualidade.

15. Ver Elémire Zolla, *Le Meraviglie della Natura*.
16. *Lilie* em alemão significa 'lírio', substantivo masculino que não há obviamente como transferir ao português na tradução do Conto. No Cristianismo, o lírio é frequentemente símbolo da castidade e da pureza virginal da Virgem Maria. Pode ser interessante acrescentar que 'lírio' em árabe é *al-susânah*, de onde vem o nome feminino Suzana.
17. Lilith é simbolicamente o terceiro elemento do Feminino, na tríade também composta por Eva e Maria, em que Eva é o elemento *conjugal*, Maria o elemento *maternal* e Lilith é o elemento *sexual* independente e insubordinado da mulher. Para a mística judaica medieval (Cabala), Lilith foi a primeira companheira de Adão no Éden antes da criação de Eva, também criada da terra e portanto sua igual – e não sua subalterna, como Eva, criada da costela do primeiro homem. Suplantada por Eva, Lilith teria passado a odiar a família, a maternidade e as crianças e tornou-se o símbolo das tentações extraconjugais e da liberdade sexual feminina, com um aspecto soturno e demoníaco. Em muitas pinturas do século XVI (Cranach, Grünewald), Lilith é representada como a própria Serpente.

Em várias ocasiões, Goethe dá mostras de discordar do mito da Queda da humanidade por intermédio de Eva (e da Serpente, que é seu complemento necessário), que na civilização judaico-cristã passa a representar a incompatibilidade da busca espiritual e da busca pelo amor terreno, a oposição irredutível entre corpo e espírito. Suas próprias tendências espirituais e sua busca do Amor nas (muitas) mulheres amadas o convenceram da não-incompatibilidade entre os dois termos da polarização e da dicotomia.[18] Goethe e o Romantismo aborreciam a imposição do celibato e da castidade como via única para a espiritualidade, e viam na junção das duas polaridades sexuais uma fonte de transcendência para elevar-se ao Absoluto e ao Eterno.

Neste sentido, chega a ser irônico o papel da Serpente no *Märchen:* no 'mito da Queda', a Serpente age como um emissário (ou, segundo as visões, como encarnação) de Lúcifer (i.e., o 'portador de luz'); no conto, a Serpente *luminosa,* age como reconciliadora entre os elementos masculino e feminino, e contribui *com seu sacrifício* para o retomo ao estado edênico da humanidade.

Enquanto a Velha representa a fase de *Nigredo* da obra alquímica, Lilie opera duas fases ulteriores da Grande Obra: a veste branca simboliza a *Albedo,* a fase branca da Pedra Lunar; subsequentemente, depois da morte do seu

18. Goethe acabou encontrando no Islã o exemplo de uma civilização e de uma religião nas quais o prazer físico é considerado uma dádiva de Deus e um caminho para o conhecimento Dele. Ver o *Divã oriental-ocidental*.

elemento complementar, a luminescência avermelhada do seu véu simboliza a *Rubedo,* isto é, a fase de avermelhamento da matéria na preparação da Pedra Solar.[19] Entre as ilustrações do *Rosarium Philosophorum,* há uma imagem da Pedra Lunar feminina sendo fecundada pela Pedra Solar masculina, através da ressurreição de um cadáver num sarcófago.

O Príncipe

Quando o encontramos, o Jovem encarna o arquétipo do Amor Cortês, o amor cavalheiresco cantado pelos trovadores dos séculos XII e XIII:[20] o guerreiro ou cavaleiro 'perdeu a alma' para a Dama – ideal ou real – e só pode recuperá-la cumprindo uma série de feitos e atos heróicos, e prefere a morte à impossibilidade de alcançá-la. Ele é Príncipe, porque ainda é Rei só no estado latente, não realizado.

A impossibilidade de conjunção entre o Príncipe e sua Amada é também o símbolo da condenação da fusão entre o amor físico e o amor espiritual na civilização judaico-cristã, que deve ser superada com a *Coniunctio* alquímica, como nas *Núpcias Químicas* de Christian Rosenkreutz.

A escolha da morte deliberada é o último ato de heroísmo possível para o guerreiro desarmado pelo Amor, o ressurgimento final da energia masculina arquetípica

19. Ver Titus Burckhardt, Alchemie – *Sinn und Weltbild.*
20. Ver Denis de Rougemont, *L'Amour et l'Occident.*

perante a impossibilidade da união dos polos sexuais opostos. Através do desespero, ele deve tornar-se capaz de abnegação e de passividade (duas capacidades simbolicamente femininas) para superar a dicotomia.

Se os três Reis das eras anteriores representavam a Sabedoria (Rei de ouro), a Beleza (Rei de prata) e o Poder (Rei de Bronze), o Príncipe deve passar a encarnar a quarta força que governa a Terra, o Amor – que o quarto Rei mal-acabado não está em condições de assumir. Para Goethe, o advento do Jovem Príncipe significa a possibilidade de juntar novamente o Amor humano e o Amor espiritual para governar a humanidade.

O Gavião e o Canário

O gavião e as outras aves de rapina são um símbolo ascensional no plano físico, intelectual e moral. Elas apontam para uma superação ou uma vitória. Assim, na Idade Média o falcão era frequentemente representado despedaçando as lebres; já que lebres e coelhos são símbolos da lascívia, o falcão significava a vitória sobre o desejo físico e a concupiscência. Pois não é por causa do Gavião que a linda Lilie (ela mesma impossibilitada de qualquer contato físico) trata friamente o Amado, acelerando desse modo seu sacrifício?

Também não parece sem sentido que o Homem da Lâmpada mande o Gavião para o céu com um espelho para refletir os raios do sol, se lembrarmos que o gavião é ele mesmo um símbolo solar, e até emblema do Sol para os incas e os antigos egípcios, que o representavam com um disco solar sobre a cabeça (Ra).

O Canário de Lilie está aí para nos lembrar a íntima conexão entre Amor e Morte, assim como simbolicamente qualquer pássaro cantador: o rouxinol em *Romeu e Julieta,* de Shakespeare, ou a *Ode to a Nightingale,* de Keats.

Coleção Contos Mágicos

Seleções de contos tradicionais de antigas civilizações que espelham a diversidade do homem e do mundo.

As maças douradas do Lago Erne
e outros contos celtas
Vilma Maria

Seleção de narrativas populares celtas de natureza mágica. As aventuras de guerreiros, cavaleiros, deuses e seres encantados desvendam o universo imaginário de uma civilização distantes de nós no tempo e no espaço – a antiga Irlanda, a partir do ano 600 a.C.

O Cortador de Bambu
e outros contos japoneses
Sonia Salerno Forjaz

Encabeçado pelo famoso conto japonês **"O velho cortador de bambu"**, que integra a destacada lista dos 1001 livros para ler antes de morrer, são transmitidos aspectos sutis da milenar cultura japonesa, enquanto acompanhamos o destino pessoal dos personagens em cenários extraordinários.

O Príncipe Teiú
e outros contos brasileiros
Marco Haurélio

A mistura de elementos encontrada nos contos de encantamento evidencia o quanto nossa tradição oral mantem vivos ensinamentos, crenças e mitos. Os contos populares brasileiros adaptam antigas tradições às características locais: ambiente, costumes e cultura de cada região.

O SILÊNCIO DOS MACACOS
E OUTROS CONTOS AFRICANOS
Fernando Alves

Os contos apresentados neste livro revelam aspectos particulares de diferentes grupos étnicos –, suas relações com o meio, crenças, ritos e linguagens –, transmitindo parte dessa cultura que tanto tem a ver com a nossa própria história.

Outros títulos da coleção:

A FILHA DO REI DRAGÃO E OUTROS CONTOS CHINESES
Sonia Salerno Forjaz

O FALCÃO BRILHANTE E OUTROS CONTOS RUSSOS
Sonia Salerno Forjaz

O NAVIO FANTASMA E OUTROS CONTOS VIKINGS
Fernando Alves

A PRINCESA QUE ENGANOU A MORTE E OUTROS CONTOS INDIANOS
Sonia Salerno Forjaz